若山牧水《わかやまぼくすい》ものがたり

楠木《くすのき》しげお 文
山中冬児《やまなかふゆじ》 絵

若山牧水《わかやまぼくすい》のアルバム

協力・沼津《ぬまづ》市《し》若山牧水《わかやまぼくすい》記念館《きねんかん》

晩年《ばんねん》の牧水《ぼくすい》
昭和《しょうわ》3年1月

詩碑《しひ》「枯野《かれの》の旅《たび》」暮坂峠《くれさかとうげ》（群馬県吾妻郡《あがつまぐん》）
昭和32年10月建立

二百八十余基《よき》に及ぶ牧水歌碑《ぼくすいかひ》の第一号である沼津《ぬまづ》・千本浜公園《せんぼんはまこうえん》の〝幾山河《いくやまかわ》〟の歌碑《かひ》
昭和《しょうわ》4年7月建立《こんりゅう》

父立蔵《りゅうぞう》と母マキ
明治《めいじ》42年頃

宮崎《みやざき》での幼・少年時代
延岡高等《のべおかこうとう》小学校二年生（右）
明治《めいじ》30年

延岡中学《のべおかちゅうがく》入学当時（中央）
明治《めいじ》32年4月頃

牧水《ぼくすい》の生家《せいか》
（宮崎《みやざき》・若山牧水記念文学館《わかやまぼくすいきねんぶんがくかん》パンフレットより）

早稲田大学《わせだだいがく》の学生《がくせい》

学友《がくゆう》・北原白秋《きたはらはくしゅう》（左端《ひだりはし》）と牧水《ぼくすい》（右端《みぎはし》）
明治《めいじ》37年10月

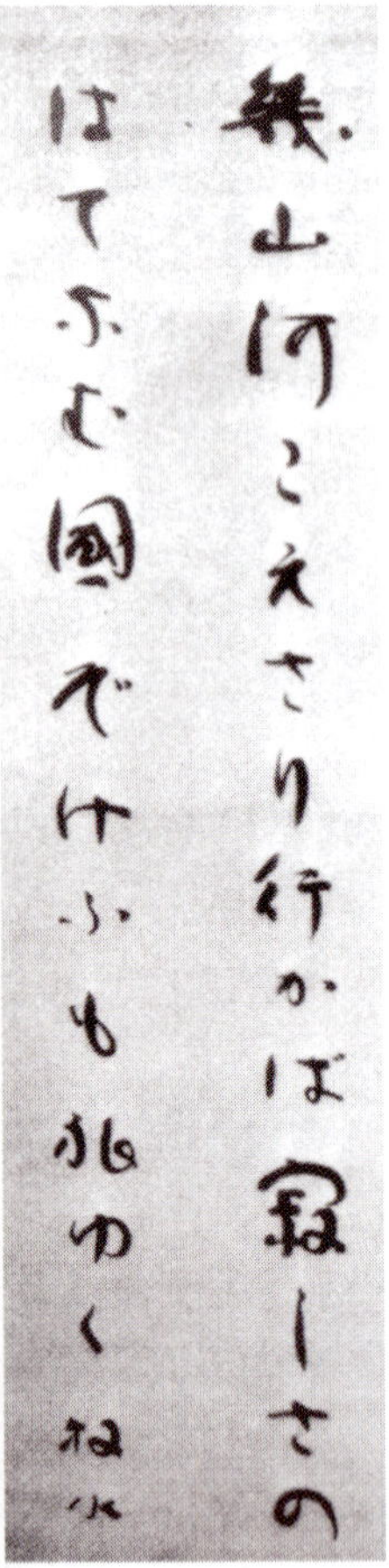

〝幾山河《いくやまかわ》〟の歌《うた》
明治《めいじ》40年作

〝幾山河《いくやまかわ》〟の旅《たび》の牧水《ぼくすい》（左《ひだり》）
明治《めいじ》40年7月

恋《こい》をし、歌《うた》をよみ…

処女歌集《しょじょかしゅう》『海《うみ》の声《こえ》』
明治《めいじ》41年7月刊

園田小枝子《そのださえこ》

二十六歳《さい》（数《かぞ》え年《どし》）の牧水《ぼくすい》
明治《めいじ》43年7月

「創作《そうさく》」創刊号《そうかんごう》
明治《めいじ》43年3月刊

酒《さけ》と旅《たび》と歌《うた》と

沼津《ぬまづ》での創作社友大会《そうさくしゃゆうたいかい》
大正《たいしょう》12年4月

〝みなかみ紀行《きこう》〟の旅姿《たびすがた》（栃木《とちぎ》・中禅寺湖畔《ちゅうぜんじこはん》）
大正《たいしょう》11年10月末

母《はは》を迎《むか》えて（左《ひだり》から姪《めい》はる、母《はは》マキ、長女《ちょうじょ》みさき、牧水《ぼくすい》、長男《ちょうなん》旅人《たびと》、妻《つま》喜志子《きしこ》）
大正《たいしょう》6年5月

沼津《ぬまづ》・千本松原《せんぼんまつばら》にて
大正《たいしょう》11年冬

揮毫旅行中《きごうりょこうちゅう》の牧水夫妻《ぼくすいふさい》（大阪《おおさか》にて）
大正《たいしょう》14年1月

最後《さいご》の写真《しゃしん》（左《ひだり》から牧水《ぼくすい》、長女《ちょうじょ》みさき、次女《じじょ》真木子《まきこ》、長男旅人《ちょうなんたびと》、次男富士人《じなんふじと》、妻喜志子《つまきしこ》）
昭和《しょうわ》3年7月27日

晩年愛用《ばんねんあいよう》の酒器《しゅき》

生誕《せいたん》の地《ち》の記念館《きねんかん》

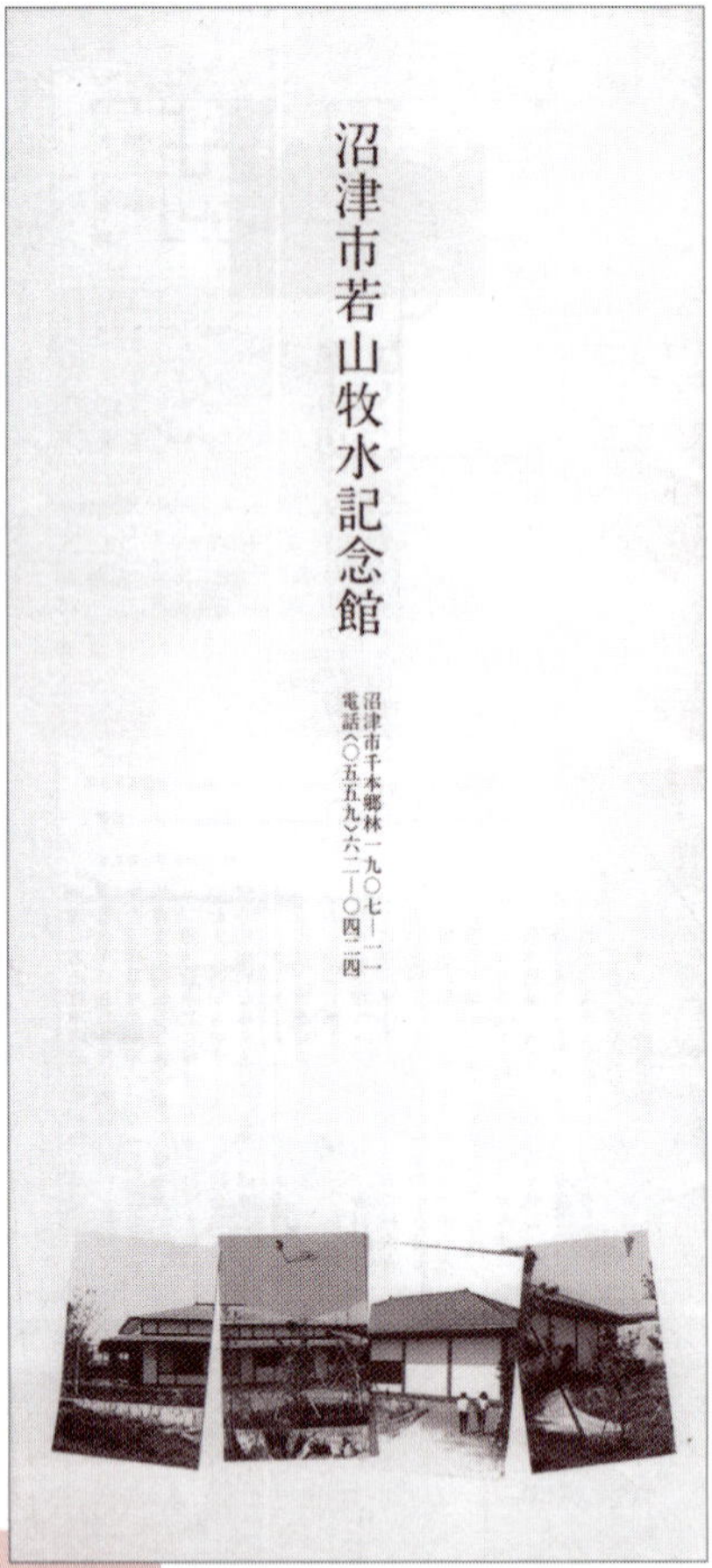

終焉《しゅうえん》の地《ち》の記念館《きねんかん》

第一章　宮崎県《みやざきけん》の山奥《やまおく》に

医者《いしゃ》のむすこ

歌人《かじん》・若山牧水《わかやまぼくすい》のふるさとは、日向国宮崎県《ひゅうがのくにみやざきけん》です。日向市《ひゅうがし》の南のはずれで日向灘《ひゅうがなだ》にそそぐ耳川《みみかわ》。その耳川《みみかわ》をさかのぼっていくと、途中山陰《とちゅうやまげ》というところで、左手から、支流《しりゅう》の坪谷川《つぼやがわ》が流れこんでいます。この坪谷川《つぼやがわ》を上流《じょうりゅう》へたどったところに、坪谷《つぼや》という村落《そんらく》があります。日豊本線日向市駅《にっぽうほんせんひゅうがしえき》から約《やく》二十キロの山奥《やまおく》です。

ここが牧水《ぼくすい》の生地《せいち》なのです。

牧水《ぼくすい》は、日向市東郷町坪谷《ひゅうがしとうごうちょうつぼや》三番地《ばんち》（当時《とうじ》は東臼杵郡坪谷村《ひがしうすきぐんつぼやむら》一番戸《ばんこ》）の若山家《わかやまけ》に、明治《めいじ》十八年（一八八五年）八月二十四日、父立蔵《りゅうぞう》（四十歳《さい》）・母マキ（三十七歳《さい》）の長男《ちょうなん》・繁《しげる》として生まれました。

両親《りょうしん》のほかに、祖父母《そふぼ》と三人の姉《あね》がいました。はじめての男の子ということで、繁《しげる》は家族《かぞく》にかわいがられ、大事《だいじ》に育《そだ》てられたのでした。

村のとっつきに、小山《こやま》を背負《せお》って南向きに建《た》っている、こぢんまりとした瓦《かわら》ぶきの二階《かい》家《や》。すぐ前が道路《どうろ》で、そのすぐ下が坪谷川《つぼやがわ》の河原《かわら》です。正面《しょうめん》に尾鈴山《おすずやま》がそそり立っています。

家には、

「先生、お世話《せわ》になります。」「ちょっとみてくださいな。」「薬《くすり》をおねがいします。」

と、村の人たちがやってきます。

父立蔵《りゅうぞう》は医者《いしゃ》なのです。若山医院《わかやまいいん》なのです。

立蔵《りゅうぞう》は大阪《おおさか》・熊本《くまもと》で医術《いじゅつ》を学び、父のあとをついだのです。繁《しげる》が二歳《さい》のときになくなった祖父健海《そふけんかい》も、医者《いしゃ》だったのです。

健海《けんかい》は埼玉県所沢《さいたまけんところざわ》の農家《のうか》に生まれましたが、わかいころ江戸《えど》に出て、更《さら》に長崎《ながさき》へおもむき、漢学《かんがく》、蘭学《らんがく》、西洋医術《せいよういじゅつ》を学び、二十五歳《さい》のときにこの坪谷《つぼや》にきて家を建《た》て、医者《いしゃ》を開《かい》業《ぎょう》したのでした。もちろん江戸時代《えどじだい》のことです。健海《けんかい》は宮崎《みやざき》ではじめて種痘《しゅとう》（牛痘《ぎゅうとう》を人体《じんたい》に接種《せっしゅ》して、天然痘《てんねんとう》にたいする免疫力《めんえきりょく》をえること。）をおこなった、医学界《いがくかい》の先覚者《せんかくしゃ》でもありました。

酒《さけ》も飲《の》まず、学問《がくもん》を好《この》み、漢詩《かんし》を作ったりする健海《けんかい》は、村人《むらびと》からもしたわれて、山林《さんりん》や田畑《たはた》などの資産《しさん》もふえていったのでした。

ところが、むすこの立蔵《りゅうぞう》は、ふだんはいい人なのですが、たいへんな酒飲《さけの》みで、酒が入ると刀《かたな》をぬいて妻《つま》マキを追いまわしたり、人格《じんかく》がかわってしまうのでした。

もっとも、酒好《さけず》きなのは、立蔵《りゅうぞう》だけではありません。妻《つま》マキも飲みます。健海《けんかい》の妻カメも飲みました。カメは三味線《しゃみせん》をひき、歌もうたう、陽気《ようき》な人でした。

つまり、牧水《ぼくすい》からすれば、祖父《そふ》をのぞいては、父母も、祖母《そぼ》も、大いに酒《さけ》をたしなんだのでした。

繁《しげる》の父立蔵《りゅうぞう》はお人好しで、また、山っ気《やまけ》もありました。

流《なが》れ者《もの》がよく身をよせてきます。面倒見《めんどうみ》がいいのです。

「じつは、この先の山から、石炭《せきたん》が出そうなんですよ。」

「そうか、それはおもしろそうだ。」

かれらの口車《くちぐるま》にのって、あやしげな事業《じぎょう》に手を出します。そして、失敗《しっぱい》します。

立蔵《りゅうぞう》はしだいに財産《ざいさん》をなくしていきました。

「お母さん、こまはどうしたの？　つれてきた？」

山道をゆく駕籠《かご》の中から、繁《しげる》がせきこんで母マキにたずねます。

「こまはつれてこなかったよ。猫《ねこ》なら、田代《たしろ》にもいるからね。」

それを聞いた四歳《さい》の繁坊《しげるぼう》やは、

「いやだ、いやだ。こまがいなくちゃ、いやだ。」

とうとう駕籠《かご》からころげ出てしまいました。

母マキもしかたなく、使いの者を坪谷《つぼや》の家にとってかえさせました。荷物《にもつ》をしょって、せっかく峠《とうげ》近くまでのぼってきたのに、その人は三毛猫《みけねこ》一匹《ぴき》のために、二里《り》（約《やく》八キロ）の山道を往復《おうふく》するのです。

若山医院《わかやまいいん》の繁坊《しげるぼう》っちゃんは、にくたらしいほどわがままで、きかん坊《ぼう》なのです。

明治《めいじ》二十三年（一八九〇年）二月、若山家《わかやまけ》は北側《きたがわ》の五本松峠《ごほんまつとうげ》をこえて、となりの西郷村《＊さいごうそん》田代《たしろ》へ移《うつ》ったのでした。

＊宮崎県東臼杵郡美郷町西郷区田代

当主立蔵《とうしゅりゅうぞう》の失敗《しっぱい》などもあって、坪谷《つぼや》に居《い》づらくなったのです。田代《たしろ》には若山医院出張《わかやまいいんしゅっちょう》所《じょ》がありました。この移住《いじゅう》は、田代《たしろ》の村人《むらびと》から歓迎《かんげい》されました。

繁《しげる》はわがままで、強情《ごうじょう》で、人づきのわるい子どもでした。田代《たしろ》でもたいてい、独《ひと》りであそんでいました。

家の近くで凧《たこ》あげをしていると、丑蔵《うしぞう》という男がとおりかかりました。

「若山《わかやま》の坊《ぼ》っちゃん、凧《たこ》あげですか。おじさんが、もっと高くあげてあげるよ。」

医者《いしゃ》への尊敬《そんけい》から、その家族《かぞく》の小さい子どもにも、親切《しんせつ》にしてくれるのです。

それでも繁《しげる》は、凧《たこ》を横取《よこど》りされた感じで、ふきげんそうです。

そこへもってきて、風のいたずらで、凧《たこ》がとんぼがえりして、水田《すいでん》の中へざんぶりと落ちてしまいました。

繁《しげる》の顔色《かおいろ》がかわりました。

「このォ、このォ。」

繁《しげる》はその男にむしゃぶりつきました。手をひっかき、足をけりつけます。男はさからうわけにもいかず、おろおろしています。繁《しげる》はいっこうにやめようとしません。それだけくやしいのです。

「繁《しげる》、繁《しげる》。おやめなさい。」
母マキが見つけて、かけつけてきて、やっとひきはなされました。
わがままなだけでなく、かんしゃく持ちでもあったのです。

自然《しぜん》の中の孤独《こどく》な少年《しょうねん》

明治《めいじ》二十五年（一八九二年）四月、六歳《さい》の繁《しげる》は田代《たしろ》尋常《じんじょう》小学校に入学しました。ランドセルの時代ではなく、〝ひざまでの紺《こん》がすりの着物《きもの》に風呂敷包《ふろしきづつ》み〟という小学生ですが、どうもはりきった一年生ではないのです。

朝、しぶしぶ家を出ていきます。夕方、ぼんやりと帰ってきます。弁当《べんとう》は食べてあるのですが、学校での話がまるっきりありません。

きょうはこっそり、繁《しげる》少年のあとをつけてみましょう。

山深《やまぶか》い村ですが、道にはぽつりぽつりと、小学生の姿《すがた》があります。元気な「おはよう。」のあいさつが聞かれます。でも、繁《しげる》にはだれも、声をかけません。繁《しげる》も知らん顔です。

かなり歩いたのですが、学校はまだ遠いようです。繁《しげる》はあきらめたような歩き方になり、とりのこされたかっこうです。

おや、道をそれて、谷川《たにがわ》へおりていきます。

かくしてあったらしい、釣《つ》り道具《どうぐ》をとり出して、魚釣《さかなつ》りを始めたではありませんか。学校はどうなったのでしょう。

碧《あお》い渓流《けいりゅう》の水から、ウグイやヤマメをつりあげます。とてもたのしそうです。

浮《う》きに気配《けはい》がないときは、うっとりと対岸《たいがん》を見ています。春風《はるかぜ》にうす紅色《べにいろ》の山桜《やまざくら》の花が散《ち》っているのです。

「やあ、繁君《しげるくん》じゃないか。学校にも行かず釣《つ》りざんまいとは、さすがに大物《おおもの》だなあ。」

岩場《いわば》にあらわれたのは、丑蔵《うしぞう》でした。

「なんだ、おじさんか。びっくりしたよ。」

丑蔵《うしぞう》も、となりの岩で、釣《つ》り糸《いと》をたらし始めます。

ふたりは、凧《たこ》の一件以来《いっけんいらい》、なかよくなったのでした。

さて、繁《しげる》の〝登校拒否《とうこうきょひ》〟は、まもなく家の者にも知れました。

「いくら学校が遠いからって、村の子になじめないからって、釣《つ》りをしてあそんでくるやつがあるか。おまえはわしのあとをつぐ、総領《そうりょう》むすこなんだぞ。」

ふだんはおだやかな父立蔵《りゅうぞう》も、不心得《ふこころえ》なむすこにかんかんです。

「みんな、がんばってかよっているんですよ。勉強は何より大事なんですよ。あしたから、きちんと学校へ行くんですよ。」

母マキも、なみだ声でさとします。

それでも、次《つぎ》の日も、また次の日も、繁《しげる》は学校へたどりつけないのでした。

両親《りょうしん》も困《こま》ってしまって、

「しかたがない。羽坂《はさか》のトモのところへあずけよう。」

ということになりました。

繁《しげる》の二番目の姉《あね》トモが羽坂《はさか》の今西家《いまにしけ》へとついでいて、その旦那《だんな》さんが、羽坂尋常《はさかじんじょう》小学校の校長先生なのです。

羽坂《はさか》は坪谷《つぼや》と山陰《やまげ》との間にあります。

今西家《いまにしけ》は子どもたちがいて家もせまいので、山陰《やまげ》の純曽《じゅんそ》おじさんの家からかようことになりました。叔父《おじ》若山《わかやま》純曽《じゅんそ》は父 立蔵《りゅうぞう》の弟で、やはり医者《いしゃ》でした。

ところが、純曽《じゅんそ》の奥《おく》さんがふきげんで、繁《しげる》に冷《つめ》たくあたるのです。本家《ほんけ》の子とはいっても、やっかい者あつかいなのです。

このことが、田代《たしろ》の両親《りょうしん》の耳にもとどきました。

「後妻《ごさい》とはいえ、けしからん嫁《よめ》だ。」

「繁《しげる》がかわいそうですよ。」

両親《りょうしん》はいかりました。そして、なやみました。

田代《たしろ》の居心地《いごこち》もあまりよくないし、坪谷《つぼや》の人たちがすすめてくれてもいるし、この際《さい》、

「繁《しげる》のためにも、坪谷《つぼや》へ帰ろう。」

ということになりました。

明治《めいじ》二十五年（一八九二年）秋に、若山家《わかやまけ》は坪谷《つぼや》へもどりました。田代《たしろ》にいたのは三年弱《じゃく》です。

繁《しげる》は坪谷《つぼや》尋常《じんじょう》小学校に入りました。

牧水《ぼくすい》がはじめて海を見たのはこのころだったようです。

母マキにつれられて、いちばん上の姉スヱ《すえ》のとついだ宮崎県児湯郡都農町《みやざきけんこゆぐんつのちょう》へ出かけていったのでした。

坪谷川《つぼやがわ》沿《ぞ》いに山陰《やまげ》まで二里《り》（約《やく》八キロ）ほど歩き、そこから舟《ふね》で耳川《みみかわ》を三里《り》（約《やく》十二キロ）ほど下《くだ》って、美々津《みみつ》の港《みなと》に出るのです。

繁《しげる》には、こういうお出かけのほかにも、母とすごす時間がわりとありました。

ワラビをつみに、タケノコをほりに、クリをひろいに、母といっしょに山へ入るのでした。そして、山の上で弁当《べんとう》をつかいながら、母がいろいろと、繁《しげる》の誕生《たんじょう》のころの話などしてくれたのでした。

「おまえが生まれたときは、思いがけない安産《あんざん》でねえ。その朝、東《ひがし》の縁側《えんがわ》に出てすわっていたら、急《きゅう》に産気《さんけ》づいてねえ、縁板《えんいた》にことんと落ちたんだよ。」

「おじいさんが『玄虎《げんこ》』という名前にしなさいっていうんだけど、スヱ《すえ》たちがいやがってねえ、おじいさんの留守《るす》に、『繁《しげる》』という名前で役場《やくば》にとどけたんだよ。『繁《しげる》』は、姉《ねえ》さんたちの名づけなんだよ。」

さて、この日、繁《しげる》がはじめてのった山陰《やまげ》からの高瀬舟《たかせぶね》は、こわいような速《はや》さで急流《きゅうりゅう》を下っていきました。

繁《しげる》たちは、積《つ》み荷《に》の木炭《もくたん》（特産《とくさん》の日向炭《ひゅうがずみ》）のたわらの上にのっているのでした。

やがて、速度《そくど》が落ちて、川幅《かわはば》も広くなってきました。岸《きし》に人家《じんか》の群《む》れが見えるようにもなりました。

前方《ぜんぽう》に長い砂《すな》の丘《おか》が横《よこ》たわり、ときどきその向こうに、白くけぶったようなものがのびあがります。

「あの白いものは何なの？」

「あれは波《なみ》だよ。もう、海《うみ》に出たんだ。」

波！　海！　繁《しげる》の胸《むね》は騒立《さわだ》ちました。

舟《ふね》がつくかつかないうちに、繁《しげる》はとび出し、砂丘《さきゅう》に向かって走りだしていました。

砂丘《さきゅう》の上に立ったとき、そこにはじめて、広大無辺《こうだいむへん》（広く大きくて、限《かぎ》りのない様子《ようす》。）の自然《しぜん》――〝海〟というものを見たのでした。

滝《たき》や渓流《けいりゅう》とはちがう、水の姿《すがた》です。この広がりは、どこまでも心をいざなってやみません。この豊《ゆた》かさは、どんな感情《かんじょう》もうけとめてくれます。

こんな〝水〟があったとは！

美々津《みみつ》は神武天皇《じんむてんのう》が東征《とうせい》の御船出《おふなで》をしたところ――とは、のちに知るのですが、牧水《ぼくすい》の感動的《かんどうてき》な海との出会いでした。


繁《しげる》は子どもたちとはあまりあそばない、孤独《こどく》な少年でした。独《ひと》りでいるほうが、気持ちが安《やす》らぐのです。独《ひと》りで山にのぼり、独《ひと》りで渓《たに》におりて、自然を相手にあそぶのでした。

なかでもお気に入りの場所は、家のすぐ裏手《うらて》にある、「和田の越《わだのこし》」とよばれる小さな峠《とうげ》です。道ばたに腰《こし》をおろして、本を読んだり、物思いにふけったりするのでした。

はるかに見える尾鈴《おすず》の山なみが、繁《しげる》の子ども心のあこがれをそそりました。

坪谷尋常《つぼやじんじょう》小学校にはきちんとかよいました。家からも近く、なんといっても生まれ育《そだ》った地元《じもと》なのです。登校《とうこう》のときも下校《げこう》のときも、手に本を持っていました。読書《どくしょ》が好《す》きだったのです。同級生《どうきゅうせい》は男女合わせて二十人くらいでしたが、成績《せいせき》はいつも一番でした。

夏になると、友だちと坪谷川《つぼやがわ》でおよぎました。ほかの子は着物《きもの》やぞうりをぬぎちらして川にとびこみますが、繁《しげる》は着物をきちんとたたみ、ぞうりもそばにそろえておきました。

日清戦争《にっしんせんそう》（明治《めいじ》二十七年～二十八年）のころ、国民《こくみん》はぜいたくを禁《きん》じられていました。校長先生からも、「女子《じょし》は指輪《ゆびわ》などしてこないように。」と注意《ちゅうい》があったのに、それでも指《ゆび》輪《わ》をしている女生徒《じょせいと》が二、三人いました。繁《しげる》たち男の子がその指輪《ゆびわ》をとりあげて石でたたきつぶし、石垣《いしがき》の穴《あな》に投《な》げこみました。

正義感《せいぎかん》からやったことですが、すこし乱暴《らんぼう》な行為《こうい》でした。校長先生の耳に入って、繁《しげる》たちはよび出されました。

「だれがやったんだね？　正直《しょうじき》にいいなさい。」

男の子たちはだまってうなだれています。

「わたしがやりました。わるうございました。」

そのとき名のり出たのが、繁《しげる》でした。

みんなの罪《つみ》を、ひとりでひきうけたのでした。

繁《しげる》は勤勉《きんべん》で、きちょうめんで、正義感《せいぎかん》の強い、模範的《もはんてき》な少年になっていたのです。わがまま、強情《ごうじょう》、かんしゃく――は、じょじょにうすれていったのでした。

第二章　延岡《のべおか》の文学少年《ぶんがくしょうねん》

延岡高等《のべおかこうとう》小学校

明治《めいじ》二十九年（一八九六年）三月、繁《しげる》は坪谷《つぼや》尋常《じんじょう》小学校を首席《しゅせき》で卒業《そつぎょう》しました。尋常《じんじょう》科《か》は四年間です。その上が四年間の高等科《こうとうか》なのですが、これは義務教育《ぎむきょういく》ではなく、坪谷《つぼや》の近くには高等小学校がありません。

繁《しげる》は坪谷《つぼや》からおよそ四十キロはなれた、延岡《のべおか》の高等小学校へ進《すす》むことになりました。入学したのは、一か月おくれの五月一日でした。級友《きゅうゆう》をさそってもだれも行く者がないし、十一歳《さい》という年少《ねんしょう》で親元《おやもと》をはなれる不安《ふあん》があります。下宿先《げしゅくさき》だってさがさねばなりません。そんなことで遅《おそ》くなってしまったのです。

延岡《のべおか》では*恒富村三ツ瀬《つねとみむらみつぜ》の佐久間清久方《さくまきよひさかた》から学校へかよいました。ここは父立蔵《りゅうぞう》の知人《ちじん》宅《たく》で、しかも夫妻《ふさい》には子どもがなかったので、繁《しげる》をたいそうかわいがってくれました。

学校での担任《たんにん》は、日吉昇《ひよしのぼる》という先生で、土地《とち》では知られた文章家《ぶんしょうか》でした。繁《しげる》は三年を

*宮崎県延岡市三ツ瀬町《みやざきけんのべおかしみつせまち》

おえて中学へ進みますが、卒業《そつぎょう》までずっと日吉《ひよし》先生が担任《たんにん》でした。

　繁《しげる》には特に目をかけてくれました。五十人ほどのクラスで二、三番という成績《せいせき》だし、国《こく》語《ご》（読方《よみかた》・作文《さくぶん》）が際立《きわだ》ってよかったのです。

　延岡《のべおか》は高千穂《たかちほ》峡《きょう》から流れくだる五ケ瀬《ごかせ》川《がわ》の、河口《かこう》に開けた城下町《じょうかまち》です。延岡城《のべおかじょう》のあと――城山《しろやま》からは、町の向《む》こうに日向灘《ひゅうがなだ》が見えます。

「繁《しげ》ちゃん、ほら、汽船《きせん》だよ。あんな船《ふね》で旅《たび》をしてみたいなあ。」

　親友《しんゆう》の村井《むらい》武《たけし》です。

「汽船《きせん》になんて、いつのれるんだろう。……武《たけ》ちゃん、じつは、おふくろがね、金比羅参《こんぴらまい》りに行くらしいんだよ。あしたの夕方《ゆうがた》には、細島港《ほそしまこう》へくるんだって。」

　小柄《こがら》で色の黒い繁《しげる》が、うらやましそうにいいます。

「それなら、おまえも行けばいいじゃないか。」

「行くったって、今は学年試験《しけん》の最中《さいちゅう》なんだよ。」

「だいじょうぶだよ。繁《しげ》ちゃんはよくできるんだし、先生が落第《らくだい》なんかさせないよ。」

「そうかなあ。行かれるかなあ。」

「あした学校に行ったら、若山君《わかやまくん》は郷里《きょうり》のお母さんが急病《きゅうびょう》で、迎《むか》えがきたので帰りました、ってとどけておくよ。」

「そうか、ありがとう。ひとつ冒険《ぼうけん》してみるか。」

手に棒切《ぼうき》れを持った、腕白《わんぱく》二少年の相談《そうだん》がまとまったところで、

ゴーン

と、城山《しろやま》の時の鐘《かね》が鳴《な》りひびきました。

明治《めいじ》三十一年(一八九八年)三月中旬《ちゅうじゅん》、二年生の終《お》わりごろのことです。

翌日《よくじつ》の朝、部屋《へや》に置《お》き手紙《てがみ》をし、学校へ行くふりをして下宿《げしゅく》を出ました。

繁《しげる》は走りだしました。

細島港《ほそしまこう》は延岡《のべおか》から南へ六里《り》(約《やく》二十四キロ)。現在《げんざい》の日向市《ひゅうがし》にある港《みなと》です。

繁《しげる》は南へ、南へ、走りつづけました。県内《けんない》にはまだ汽車《きしゃ》がないのです。泣《な》きながら走りました。

やっとのことで、細島《ほそしま》の船問屋兼旅館《ふなどんやけんりょかん》・日高屋《ひだかや》にたどりつきました。

夕方、母マキと都農《つの》の義兄《ぎけい》・河野佐太郎《こうのさたろう》が、馬車《ばしゃ》でやってきました。旅行《りょこう》はふたりで出

かけるのです。

「繁君《しげるくん》じゃないか⁉」

「おまえ、どうしてこんなところに⁉」

はるかな延岡《のべおか》で大事な学年試験中《がくねんしけんちゅう》のはずなのに……。そこに繁《しげる》がいようとは。

「ぼくもつれてってください、金比羅参《こんぴらまい》りに。」

それを聞いて、母マキの驚《おどろ》きは、怒《いか》りにかわりました。

「何をいうんです。学校をほったらかして。これからすぐ夜道《よみち》をして延岡《のべおか》に帰りなさい。」

母がおこるのは当然《とうぜん》です。それでも繁《しげる》は、必死《ひっし》でたのみました。

「汽船《きせん》にのりたいんです。よその土地《とち》を見てみたいんです。どうかつれてってください。」

こんな母子《おやこ》のやりとりにむすびをつけるように、義兄《ぎけい》の佐太郎《さたろう》――それは長姉《ちょうし》スヱ《すえ》の夫《おっと》――が、

「お義母《かあ》さん、こうなっては、ただ延岡《のべおか》へ帰すのもかわいそうです。繁君《しげるくん》の社会勉強《しゃかいべんきょう》のためにも、この際《さい》、つれていってやりましょうよ。」

と、口をきいてくれました。

佐太郎《さたろう》は米や肥料《ひりょう》を商《あきな》う商人《しょうにん》で、太《ふと》っ腹《ぱら》でさばけた人でした。日高屋《ひだかや》の番頭《ばんとう》の庄《しょう》さんも、繁《しげる》のためにたのんでくれました。若山家《わかやまけ》と日高屋《ひだかや》とは、以前《いぜん》からの知り合いだったのです。

母マキもしかたなく、同行《どうこう》をゆるしてくれました。

こうして十三歳《さい》の繁《しげる》は、はじめて大きな海《うみ》の上に出たのでした。*讃岐《さぬき》の金比羅《こんぴら》さんだけでなく、大阪見物《おおさかけんぶつ》もしてきました。学校をサボっての、二週間《しゅうかん》あまりの大旅行《だいりょこう》でした。

＊香川県《かがわけん》

日吉《ひよし》先生も大目《おおめ》に見てくれて、落第《らくだい》はしませんでしたが、席次《せきじ》はすこし下がりました。それよりも、下宿先《げしゅくさき》の佐久間家《さくまけ》がかんかんで、居《い》づらくなってしまいました。

そしてまもなく、本小路《ほんこうじ》の山辺方《やまべかた》へ移《うつ》ります。

延岡《のべおか》中学校

明治《めいじ》三十二年（一八九九年）三月、繁《しげる》が高等小学校第三学年をおえたとき、延岡《のべおか》に県立《けんりつ》中学校が開設《かいせつ》されました。中学校は男子《だんし》のための学校です。繁《しげる》は四年で卒業《そつぎょう》した先輩《せんぱい》たちとともに受験《じゅけん》して、みごと合格《ごうかく》しました。百人中四番の成績《せいせき》でした。

四月に、延岡《のべおか》中学校（県立延岡《のべおか》高校の前身《ぜんしん》）第一回生として入学しました。五十人のクラスの副組長《ふくくみちょう》をつとめ、寄宿舎《きしゅくしゃ》・明徳寮《めいとくりょう》では一室《しつ》の室長《しつちょう》となりました。

文学《ぶんがく》に心をひかれはじめていた繁《しげる》は、文学を解《かい》する校長山崎庚午太郎《やまざきかごたろう》や、国語《こくご》・漢文《かんぶん》の教師《きょうし》笹井秀次郎《ささいひでじろう》の影響《えいきょう》をうけました。

寮《りょう》の茶話会《さわかい》では、よく作文《さくぶん》を朗読《ろうどく》しました。

当時学生《とうじがくせい》は、小説類《しょうせつるい》を読むことを禁《きん》じられていました。それでも繁《しげる》はこっそりと、寮《りょう》へも文学書《ぶんがくしょ》を持ちこみました。

馬琴《ばきん》の『南総里見八犬伝《なんそうさとみはっけんでん》』をむさぼり読みます。机《つくえ》のひきだしの奥《おく》には、与謝野晶子《よさのあきこ》の歌集《かしゅう》『みだれ髪《がみ》』がひそんでいます。縁《えん》の下には、『一葉全集《いちようぜんしゅう》』がうめてあります。

あるとき舎監《しゃかん》に見つかって、本をもやされてしまいました。「友だちにかりた本ですから、これだけはかんべんしてください。」と必死《ひっし》でたのんでも、「室長《しっちょう》ともあろう者が、自《みずか》ら規則《きそく》をやぶるとは何事《なにごと》か。」と、うけつけてもらえませんでした。

延岡《のべおか》中学の「校友会雑誌《こうゆうかいざっし》」が発刊《はっかん》され、第一号《ごう》（明治《めいじ》三十四年二月）に繁《しげる》は、「雷雨《らいう》」という短文《たんぶん》と、短歌《たんか》三首《しゅ》と俳句《はいく》二句《く》を発表《はっぴょう》しています。

陰徳家《いんとくか》

かくれたる徳《とく》を行ひ《い》顕《あらわ》れぬ人は深山《みやま》の桜《さくら》なりけり

（人にほめられようなんて考えでなく、いいことをした人というのは、人に見られようとて美しく咲《さ》くのではない、深山《みやま》の桜《さくら》のようなものだ。奥《おく》ゆかしいことだ。）

の一首《しゅ》は、山崎《やまざき》校長からたいへんほめられたそうです。

繁《しげる》は同じ文学愛好者《あいこうしゃ》の大見達也《おおみたつや》という級友《きゅうゆう》から、雑誌《ざっし》への〝投書《とうしょ》〟を教わりました。投書雑誌《とうしょざっし》「中学文壇《ぶんだん》」（東京《とうきょう》で発行）の明治《めいじ》三十四年七月一日号に、はじめて入選《にゅうせん》しました。四月一日になくなった山崎《やまざき》校長をしのぶ、「夕《ゆう》べの思《おもい》」という文章でした。

「中学文壇《ぶんだん》」、「秀才文壇《しゅうさいぶんだん》」（明治《めいじ》三十四年十月創刊《そうかん》）、「帝国少年議会議事録《ていこくしょうねんぎかいぎじろく》」（明治《めいじ》三十

五年七月、「青年議会《せいねんぎかい》」と改題《かいだい》）などに散文《さんぶん》・短歌《たんか》・俳句《はいく》をさかんに投書《とうしょ》して採用《さいよう》され、*日向延岡《ひゅうがのべおか》の〝若山《わかやま》〟は、注目《ちゅうもく》される存在《そんざい》になっていきます。

名前は本名《ほんみょう》の「繁《しげる》」のほかに、「桂露《けいろ》」「雨山《うざん》」などの号《ごう》を使いました。

三年生の秋のころだったでしょうか、繁《しげる》はきゅうくつな寄宿舎《きしゅくしゃ》を出て、大見達也《おおみたつや》の家に移《うつ》っています。

明治《めいじ》三十五年（一九〇二年）二月、学友《がくゆう》たちと回覧雑誌《かいらんざっし》「曙《あけぼの》」を発行《はっこう》しました。回覧雑誌《かいらんざっし》というのは、各自《かくじ》の生原稿《なまげんこう》を一冊《さつ》にまとめたもので、一人が読んでは批評《ひひょう》を書きこみ、順《じゅん》ぐりにまわしていくのです。

「曙《あけぼの》」は総合雑誌《そうごうざっし》で、中学卒業後《そつぎょうご》までつづけられました。同人《どうじん》には大見達也《おおみたつや》、村井武《むらいたけし》——城山《しろやま》の上で繁《しげる》をそそのかした武《たけ》ちゃんです——などがふくまれていました。

六月十九日、従兄《いとこ》の若山峻一《わかやましゅんいち》がたずねてきました。峻一《しゅんいち》は山陰《やまげ》の叔父《おじ》純曽《じゅんそ》の長男《ちょうなん》で、繁《しげる》とは幼《おさな》いころから兄弟同様《きょうだいどうよう》の間柄《あいだがら》でした。

「繁君《しげるくん》も熱心《ねっしん》に文学趣味《ぶんがくしゅみ》をやってるようだね。坪谷《つぼや》のご両親《りょうしん》も心配《しんぱい》なことだ。」

そういう二十四歳《さい》の峻一《しゅんいち》は、医者《いしゃ》の勉強を途中《とちゅう》で投げだして、文学にのめりこみ、さす

*宮崎県延岡市《みやざきけんのべおかし》

らいの生活を送っているのでした。

「ぼくも、医者《いしゃ》には向いてないようです。東京《とうきょう》に出て、文学で身を立てられればいいのですが……。」

「文学もいいが、わたしみたいな半端者《はんぱもの》になってはこまるよ。」

峻一《しゅんいち》は「氷花《ひょうか》」と号《ごう》して主《しゅ》として短歌《たんか》を作り、東京《とうきょう》にいたわけではありませんが、歌壇《かだん》の動向《どうこう》にくわしいのでした。

「正岡子規《まさおかしき》が写生《しゃせい》の歌だとかいっているが、今はなんといっても『明星《みょうじょう》』の歌だなあ。若者《わかもの》にはやはり夢《ゆめ》と恋《こい》だ。どこまでも情熱的《じょうねつてき》でなくちゃ。」

与謝野鉄幹《よさのてっかん》が主宰《しゅさい》する「東京新詩社《とうきょうしんししゃ》」。新詩社発行《しんししゃはっこう》の詩歌雑誌《しいかざっし》「明星《みょうじょう》」。与謝野晶子《よさのあきこ》をはじめとする、明星派《みょうじょうは》の歌人《かじん》たち。その浪漫的《ろうまんてき》な歌風《かふう》が全国に広まって、短歌《たんか》は今、近代《きんだい》にふさわしく生まれかわろうとしているのでした。

「晶子《あきこ》の『みだれ髪《がみ》』は、ぼくも読んでいます。」

寄宿舎《きしゅくしゃ》では机《つくえ》のひきだしの奥《おく》にかくしてあったあの本が、今は自分の本箱《ほんばこ》に堂《どう》どうとおさまっているのです。

「あれはたいした歌集《かしゅう》だよ。なにしろ鉄幹《てっかん》に妻子《さいし》をすてさせるという、情熱的《じょうねつてき》な恋《こい》をした女性《じょせい》だからなあ、大胆《だいたん》だよ。」

峻一《しゅんいち》は新詩社《しんししゃ》に入ってはいませんが、明星派《みょうじょうは》の新しい素材《そざい》、新しい詠《よ》みぶりにひかれていました。

繁《しげる》も明治《めいじ》という〝新しい時代〟を感じて、自分の歌の向かう先を見つけようとしているのです。

「熊本《くまもと》での生活をきりあげて、山陰《やまげ》に落ちつこうと思うんだが、帰ってくる道みち、阿蘇《あそ》（熊本県《くまもとけん》）や高千穂《たかちほ》（宮崎県《みやざきけん》）でたくさん歌を作ってきたんだ。そのうちお目にかけるからね。」

峻一《しゅんいち》（氷花《ひょうか》）のこのときの歌は七月に、地元紙《じもとし》「日州独立新聞《にっしゅうどくりつしんぶん》」に発表《はっぴょう》されました。繁《しげる》も従兄峻一《じゅうけいしゅんいち》（氷花《ひょうか》）に刺激《しげき》されて、「日州独立新聞《にっしゅうどくりつしんぶん》」に投稿《とうこう》するようになりました。そして、氷花《ひょうか》とともに、白雨《はくう》（繁《しげる》）の歌がたくさん掲載《けいさい》されるようになります。

繁《しげる》の投書先《とうしょさき》はどんどんふえて、「中学世界《ちゅうがくせかい》」「新声《しんせい》」「文庫《ぶんこ》」「国文学《こくぶんがく》」などが新《あら》たに加わっていきました。

「新声《しんせい》」「文庫《ぶんこ》」の二誌《し》はすこしレベルが高く、てごわいものがありました。

明治《めいじ》三十六年（一九〇三年）、五年生になった四月に、短歌《たんか》の回覧雑誌《かいらんざっし》「野虹《やこう》」を発行しました。校外《こうがい》の愛好者《あいこうしゃ》にもよびかけたもので、卒業後《そつぎょうご》もしばらくつづけられました。

このころは「野百合《のゆり》」と号《ごう》していたのですが、この年の秋ごろ、はじめて「牧水《ぼくすい》」の号《ごう》を使います。「牧水《ぼくすい》」がはっきりと定着《ていちゃく》したのは、翌明治《よくめいじ》三十七年（一九〇四年）の一月ごろです。

「牧水《ぼくすい》」の「牧《ぼく》」は、〝まき〟であり、それは母の名前です。「水《すい》」は、ふるさと坪谷《つぼや》の渓流《けいりゅう》の水、尾鈴《おすず》の山をけぶらす雨からきているのです。

大切な人、愛《あい》する自然《しぜん》への思いがこめられた、すばらしい雅号《がごう》の誕生《たんじょう》でした。

第三章　早稲田《わせだ》の学生《がくせい》

早稲田《わせだ》に入る

明治《めいじ》三十七年（一九〇四年）三月二十九日、繁《しげる》は延岡《のべおか》中学を卒業《そつぎょう》しました。第一回卒業生は四十八人で、繁《しげる》の卒業時《そつぎょうじ》の席次《せきじ》は七番でした。

前年《ぜんねん》の十二月からこの三月にかけて、繁《しげる》は進路《しんろ》のことでなやみました。はじめはどこへ進《すす》むかでしたが、そのあとは、学資《がくし》の出どころについてでした。

両親《りょうしん》にしても、親戚《しんせき》にしても、繁《しげる》には医者《いしゃ》になる勉強《べんきょう》をして、若山医院《わかやまいいん》をついでほしいのです。医者《いしゃ》になろうというのなら、親戚《しんせき》だって喜んで援助《えんじょ》してくれるのです。ところが繁《しげる》は、文学の勉強をするため、東京《とうきょう》の早稲田大学《わせだだいがく》への進学《しんがく》を希望《きぼう》しているのでした。

「若山君《わかやまくん》は詩才《しさい》もあるし、ぜひ文学の道に進みたまえ。早稲田《わせだ》の英文科《えいぶんか》で西洋文学《せいようぶんがく》をやるといい。」

英語《えいご》の柳田《やなぎだ》先生もすすめてくれています。

「ご両親《りょうしん》の希望《きぼう》もあるだろうが、君《きみ》の志《こころざし》からすれば、早稲田《わせだ》の文科《ぶんか》に学ぶのがいいだろう。しっかりたのんでみることだね。」

御手洗《みたらい》校長の助言《じょげん》もあります。

それでも、

「おまえはわしのあとをついでくれんのか。山陰《やまげ》の若山《わかやま》を見てみろ、文学かぶれの峻一《しゅんいち》のおかげで、純曽《じゅんそ》は泣《な》いておるんだぞ。」

「この家はどうなるんだろうねえ。大学を出たら、帰ってきてくれるのかい。シヅの面倒《めんどう》もみてやっておくれよ。」

と、まず両親《りょうしん》が不賛成《ふさんせい》で、繁《しげる》の希望《きぼう》をなげくのです。

シヅというのは繁《しげる》のいちばん下の姉《あね》で、幼時《ようじ》に子守《こもり》がおぶったままおれて両脚《りょうあし》を骨折《こっせつ》し、今でも体が不自由《ふじゆう》で家にいるのです。

「ぼくは医者《いしゃ》には向いていないのです。どうしても文学の勉強がしたいのです。早稲田《わせだ》を出れば、月に六十円はもらえる仕事《しごと》につけるのです。なんとか東京《とうきょう》にやってください。」

と、繁《しげる》は必死《ひっし》でたのむのでした。

じつは、医学《いがく》か文学かという問題《もんだい》だけでなく、今の若山家《わかやまけ》には、繁《しげる》を東京に遊学《ゆうがく》させるだけの経済的余裕《けいざいてきよゆう》がないのです。学資《がくし》の援助《えんじょ》をたのめる親戚《しんせき》というのも、都農《つの》の河野家《こうのけ》くらいでした。義兄《ぎけい》の佐太郎《さたろう》は手広く商売《しょうばい》をしており、子どももいないので、家計《かけい》に余裕《よゆう》があるのです。

そのうちに両親《りょうしん》も、〝なんとかむすこの希望《きぼう》をかなえてやりたい〟と思うようになって、母マキが＊都農《つの》の河野家《こうのけ》へたのんでもくれたのですが、なかなかいい返事《へんじ》はもらえません。

＊宮崎県児湯郡都農町《みやざきけんこゆぐんつのちょう》

六年前細島港《ほそしまこう》で、繁《しげる》の金比羅参《こんぴらまい》り同行《どうこう》に加勢《かせい》してくれた人ですが、実《じつ》をとる商人《しょうにん》だけに、文学などというものの価値《かち》がわからないのです。

さしせまった三月には、繁《しげる》も延岡《のべおか》から、お願《ねが》いの手紙を書きました。それでもだめでした。

東京で下宿《げしゅく》をすれば、月に七円はかかります。授業料《じゅぎょうりょう》が二円五十銭《せん》、こづかいや本代《ほんだい》も合わせれば、どうしても月に十三円は必要《ひつよう》なのです。家からは十円が限度《げんど》、あとは河野《こうの》家《け》の援助《えんじょ》にたよるしかありません。

繁《しげる》はそのころ、親戚《しんせき》でもある延岡《のべおか》中学の黒木藤太《くろきとうた》先生の家に、級友《きゅうゆう》たち数人《すうにん》と下宿《げしゅく》していました。黒木《くろき》先生は河野佐太郎《こうのさたろう》の義弟《ぎてい》なのです。繁《しげる》の苦悩《くのう》を見かねて、手紙で義兄《ぎけい》を説得《せっとく》してくれました。

〝繁君《しげるくん》は文学の才能豊《さいのうゆた》かであり、勤勉家《きんべんか》でもあるので、将来《しょうらい》きっと一角《ひとかど》の文学者になるでしょう。義兄《にい》さんはお子さんもいないのだし、どうか一つの投資《とうし》だと思って、たのしみな義弟《おとうと》に力《ちから》をかしてやってください。〟

この手紙がきいて、義兄佐太郎《ぎけいさたろう》はやっと承知《しょうち》してくれました。ちなみに、黒木《くろき》先生は国語の先生でした。

こうして繁《しげる》は、早稲田《わせだ》へ進学《しんがく》できることになりました。当時《とうじ》の早稲田《わせだ》は、中学を卒業《そつぎょう》していれば（いや、大学で知り合う北原白秋《きたはらはくしゅう》などは中学中退《ちゅうたい》でした）、無試験《むしけん》で入学できたのです。

「義兄《にい》さん、このたびはありがとうございます。ご恩《おん》はわすれません。東京でしっかり勉強してまいります。」

「ああ、たのしみにしているよ。名のある文学者になるんだぞ。」

都農《つの》へおもむき、出郷《しゅっきょう》のあいさつをしました。

細島港《ほそしまこう》から船《ふね》にのったのは、四月六日の朝でした。五十六歳《さい》の老母《ろうぼ》マキが、わざわざ見送りにきてくれていました。

「達者《たっしゃ》でな。家のことは心配《しんぱい》いらん。学問《がくもん》にはげんでおいで。佐太郎《さたろう》さんにはまめに手紙を書くんだよ。よおくお礼《れい》をもうしてな。」

「お母さんもお達者《たっしゃ》で。では、行ってまいります。」

十八歳《さい》の繁《しげる》です。家族《かぞく》と別れるさびしさがありました。長旅《ながたび》の不安《ふあん》がありました。それでも船上《せんじょう》では、あこがれの東京へ向かうときめきに、うっとりとしていました。

六年ぶりの大海原《おおうなばら》です。

豊後水道《ぶんごすいどう》をぬけ、瀬戸内海《せとないかい》をとおって、神戸《こうべ》についたのが、四月七日の正午《しょうご》でした。

親戚《しんせき》の家に二泊《はく》して、神戸《こうべ》の名所《めいしょ》を見物《けんぶつ》。四月九日早朝《そうちょう》、汽車《きしゃ》にのりました。

東京《とうきょう》の新橋駅《しんばしえき》についたのは、四月十日の朝でした。

下宿《げしゅく》は＊麹町三番町《こうじまちさんばんちょう》伊川方《いかわかた》で、靖国神社《やすくにじんじゃ》のすぐ裏側《うらがわ》でした。

四月十一日、さっそく早稲田《わせだ》大学へ出かけていき、入学手続《てつづ》きをしようとしましたが、

＊東京《とうきょう》都《と》千代田《ちよだ》区《く》三番町《さんばんちょう》

中学の卒業証明書《そつぎょうしょうめいしょ》がないのでだめだといわれました。

四月十二日、なんとかたのみこんで、文学科高等予科《ぶんがくかこうとうよか》への入学が許可《きょか》されました。

四月十三日、はじめて登校《とうこう》しました。

この年、文学科高等予《よ》科《か》への入学者は、五月四日の時点《じてん》で四百二十四人におよび、まだまだふえつづけました。

このうち来春《らいしゅん》、大学の本科《ほんか》へ進めるのは、わずか五十人なのです。

尾上柴舟《おのえさいしゅう》をたずねる

大学が一週間《しゅうかん》の休み中だった四月二十二日、繁《しげる》は市ケ谷駅《いちがやえき》から汽車《きしゃ》にのり、国分寺《こくぶんじ》で西武鉄道《せいぶてつどう》にのりかえ、所沢駅《ところざわえき》でおりました。

うららかな武蔵野《むさしの》の野中《のなか》を歩いていきます。茶畑《ちゃばたけ》と林の道です。

(ここらは郊外《こうがい》だが、東京《とうきょう》の市中《しちゅう》も、思ったほどの所ではなかったなあ。ただ、学校のほうは、ばかにむつかしい。いなかの中学からきた者は、うんと勉強せにゃいかんようだ。)

北東《ほくとう》へ六キロほど歩いて、たずねあてたのは、祖父《そ ふ》健海《けんかい》の生家《せいか》、*所沢《ところざわ》・神米金《かめがね》の若山家《わかやまけ》でした。

*埼玉県《さいたまけん》所沢市《ところざわし》神米金《かめがね》

健海《けんかい》が七十六歳《さい》でなくなったのは、繁《しげる》が二歳《さい》のときです。だから、その人の記憶《きおく》はほとんどないのですが、その出身地《しゅっしんち》へのあこがれは、以前《いぜん》から強くあったのでした。

若山家《わかやまけ》には、健海《けんかい》の従弟《いとこ》にあたる七十五歳《さい》の吉佐衛門《きちざえもん》さんという人がいて、遠い六十九年前の、六歳《さい》のときの記憶《きおく》を話してくれました。

繁《しげる》は遠い、*日向国坪谷《ひゅうがのくにつぼや》の話をしてあげました。

*宮崎県《みやざきけん》日向市《ひゅうがし》東郷町《とうごうちょう》坪谷《つぼや》

すすめられるままに一泊《ぱく》して帰ってきました。

五月三日の朝――二階《かい》の部屋《へや》で目をさまし、窓《まど》をあけた繁《しげる》は、

「あっ！」

と、息《いき》をのみました。

こいのぼりもおよぐ、晴《は》れわたった万緑《ばんりょく》の家並《いえな》みの向こうに……、

「富士《ふじ》だ！　富士山《ふじさん》だ！」

繁《しげる》はうれしくなりました。東京にきて、はじめて富士山《ふじさん》を見たのです。生まれてはじめ

ての、富士《ふじ》なのです。

上京途中《じょうきょうとちゅう》の列車《れっしゃ》からは、あいにくの雨で見られなかったのです。四月は春がすみ、花ぐもりの日が多くて……？　いや、気がつかなかったのかもしれません。

うれしくて、陛下《かいか》にかけおり道に出てまで、富士《ふじ》をながめました。山頂《さんちょう》に白い雪《ゆき》の残る……まさに〝富士山《ふじさん》〟でした。

五月二十二日日曜日《にちようび》、繁《しげる》は*本郷西片町《ほんごうにしかたまち》に尾上柴舟《おのえさいしゅう》先生をたずねました。*東京都文京区西片《とうきょうとぶんきょうくにしかた》
上京後《じょうきょうご》まもなく手紙を出して、面会《めんかい》の諒承《りょうしょう》はえてあったのですが、幸《さいわ》いにこの日、先生はご在宅《ざいたく》でした。

「やあ、いらっしゃい。きみが若山牧水君《わかやまぼくすいくん》ですか。」

「はい。宮崎《みやざき》から出てきました、若山《わかやま》です。おじゃまいたします。」

小柄《こがら》で気さくな感じの、わかい紳士《しんし》です。

書斎《しょさい》にとおされ、登良子夫人《とらこふじん》がお茶《ちゃ》をいれてくれました。

庭《にわ》には青あおと車前草《おおばこ》が茂《しげ》っています。

「これが全国からよせられた、投書《とうしょ》の生原稿《なまげんこう》ですよ。」

「こんなにたくさん！　これが原稿《げんこう》ですか！」

繁《しげる》はその分量《ぶんりょう》による熱気《ねっき》と、諸氏《しょし》の生《なま》の文字に感動《かんどう》しました。

尾上《おのえ》先生は、繁《しげる》が投書《とうしょ》していた「新声《しんせい》」の、短歌《たんか》の選者《せんじゃ》なのでした。

「きみの歌は、だいぶとらせてもらったねえ。わたしも気に入っているんですよ。まだ明《みょう》星調《じょうちょう》のにおいはあるが、自然をとらえる目がしっかりしている。」

柴舟《さいしゅう》は与謝野鉄幹《よさのてつかん》と同じく落合直文門下《おちあいなおぶみもんか》なのですが、鉄幹《てつかん》の浪漫的《ろうまんてき》な明星《みょうじょう》派《は》とはちがう、自然《しぜん》派《は》の歌風《かふう》で知られていました。

温厚《おんこう》でいて、弁舌《べんぜつ》にはするどいものがあります。

「『明星《みょうじょう》』のような、はなやかで主観《しゅかん》の強い歌は、やがてもえつきます。大方《おおかた》にあきられてしまいます。歌というのはやはり、自然《しぜん》にしたがって、自然のままを写《うつ》しとるものなのですよ。とはいっても、子規居士《しきこじ》の根岸派《ねぎしは》のような、こちこちの写生《しゃせい》ではいけません。もっと自由で人間的な写実《しゃじつ》なのです。」

柴舟《さいしゅう》は同門《どうもん》の金子薫園《かねこくんえん》とともに、〝叙景詩《じょけいし》〟の運動をおしすすめているのです。

ずんぐりとした学生服姿《がくせいふくすがた》の繁《しげる》は、両《りょう》の瞳《ひとみ》がくりくりと反応《はんのう》していました。そして、とう

とう、

「尾上《おのえ》先生、わたしも先生のお考えに同感《どうかん》です。自然《しぜん》の中に入っていくときがいちばん、心がときはなたれるように思います。どうか今後《こんご》も、よろしくご指導《しどう》ください。」

と、きりだしました。

岡山県津山《おかやまけんつやま》の出身《しゅっしん》で、東京帝国大学国文科《とうきょうていこくだいがくこくぶんか》を出て、哲学館《てつがくかん》大学（東洋《とうよう》大学の前身《ぜんしん》）、東京《とうきょう》女子高等師範《しはん》学校（お茶《ちゃ》の水女子大学の前身《ぜんしん》）、早稲田《わせだ》大学などの講師《こうし》をつとめる、書《しょ》にもすぐれた当年《とうねん》二十七歳《さい》の気鋭《きえい》の歌人《かじん》――尾上柴舟《おのえさいしゅう》。

牧水《ぼくすい》はこの日、かれを師《し》とあおぐことに決めたのでした。

柴舟門下《さいしゅうもんか》の牧水《ぼくすい》

繁《しげる》は九月に、牛込穴八幡下《うしごめあなはちまんした》の清致館《せいちかん》へ移りました。この下宿屋《げしゅくや》には、早稲田《わせだ》の同級生、北原白秋《きたはらはくしゅう》がいました。

白秋《はくしゅう》は*福岡県柳川《ふくおかけんやながわ》の造《つく》り酒屋《ざかや》のむすこでした。

*福岡県柳川市《ふくおかけんやながわし》

「柳川《やながわ》は有明海《ありあけかい》に面《めん》した水郷《すいごう》でねえ、町の中の掘割《ほりわり》を舟《ふね》で行くんだ。ことばや風俗《ふうぞく》に南蛮《なんばん》のふんいきがあるんだよ。」

「なかなかいいところのようだねえ。ぼくなんかは、ただの山の中だ。中学の修学旅行《しゅうがくりょこう》で熊本《くまもと》までは行ったがね。」

「父は家のあとをつがせたいもんだから、文学をきらってねえ。上京《じょうきょう》するときも、こっそり汽車《きしゃ》にのったんだ。母が味方《みかた》してくれたんだがね。」

「ぼくだって同じだよ。文学は歓迎《かんげい》されない。それに君とちがって実家《じっか》が苦《くる》しいから、姉《あね》のとつぎ先にいつも無心《むしん》の手紙を書いているんだ。」

「まあ、がんばろうじゃないか、牧水君《ぼくすいくん》。」

白秋《はくしゅう》も繁《しげる》と同じように、中学時代から雑誌《ざっし》にしきりに投書《とうしょ》していたのでした。主《おも》な舞台《ぶたい》は「文庫《ぶんこ》」で、はじめのころは服部躬治《はっとりもとはる》選《せん》の歌壇《かだん》、そして河井酔茗《かわいすいめい》選《せん》の詩壇《しだん》へと移りました。

上京後《じょうきょうご》、牧水《ぼくすい》は「新声《しんせい》」で活躍《かつやく》することになりますが、白秋《はくしゅう》は「文庫《ぶんこ》」で活躍《かつやく》するのです。白秋《はくしゅう》はやがて、「文庫《ぶんこ》」から「明星《みょうじょう》」に移り、浪漫主義《ろうまんしゅぎ》に身をひたすようになります。

白秋《はくしゅう》はそのころ、「射水《しゃすい》」と号《ごう》していました。繁《しげる》は「牧水《ぼくすい》」。そしてもうひとり、同級生で福岡出身《ふくおかしゅっしん》の中林《なかばやし》「蘇水《そすい》」。

三人は〞早稲田《わせだ》の三水《さんすい》〟と称《しょう》して、文学活動にはげんだのでした。

北原白秋《きたはらはくしゅう》は詩人《しじん》・歌人《かじん》として、若山牧水《わかやまぼくすい》は歌人《かじん》として名をなします。残念《ざんねん》なことに、中《なか》林《ばやし》蘇水《そすい》だけは、後世《こうせい》に名を残《のこ》せなかったようです。

早稲田《わせだ》の同級生にはほかに、金子薫園《かねこくんえん》門下《もんか》の土岐善麿《ときぜんまろ》（歌人《かじん》）がいました。

さて、繁《しげる》は柴舟《さいしゅう》門下《もんか》の歌人《かじん》として中央で活動を始めたのですから、このあたりから文学の雅号《がごう》「牧水《ぼくすい》」でよぶことにしましょう。

明治《めいじ》三十八年（一九〇五年）の正月は、〞旅順《りょじゅん》が落ちた、ばんざい〟と、全都《ぜんと》がわきたっていました。日露戦争《にちろせんそう》のさなかだったのです。

十日ごろ、本郷西片町《ほんごうにしかたまち》の柴舟宅《さいしゅうたく》で門人《もんじん》たちの歌会《かかい》が開かれました。そして、牧水《ぼくすい》の歌が互選《ごせん》の最高点《さいこうてん》になったのでした。

春の日は孔雀《くじゃく》に照《て》りて人に照《て》りて彩羽《あやは》あや袖鏡《そでかがみ》に入るも

（春の日ざしが孔雀《くじゃく》にそそぎ、人にそそいでいて、その照《て》り映《は》える美しいいろどりの羽《はね》、美しいいろどりの袖《そで》が、鏡《かがみ》に映《うつ》っていることだ。）

このあでやかさは明星調《みょうじょうちょう》のように思えるのですが、柴舟《さいしゅう》先生からもほめられました。

この柴舟《さいしゅう》を中心とした一門《いちもん》の会は、「金箭会《きんせんかい》」として発足《ほっそく》しました。そして夏には、「車《しゃ》前草社《ぜんそうしゃ》」となります。

メンバーは、柴舟《さいしゅう》、牧水《ぼくすい》のほかに、前田夕暮《まえだゆうぐれ》（歌人《かじん》）、正富汪洋《まさとみおうよう》（詩人《しじん》・歌人《かじん》）、三木露《みきろ》風《ふう》（詩人《しじん》・歌人《かじん》）、有本芳水《ありもとほうすい》（詩人《しじん》・歌人《かじん》）などでした。

柴舟《さいしゅう》や牧水《ぼくすい》らの歌は、「新声《しんせい》」に、〝車前草社詩草《しゃぜんそうしゃしそう》（のち車前草社詩稿《しゃぜんそうしゃしこう》）〟として掲載《けいさい》されました。

この年の六月、牧水《ぼくすい》は高等予科《こうとうよか》一年半の課程《かてい》を無事《ぶじ》におえて、上京《じょうきょう》後《ご》はじめて帰省《きせい》しました。

そして九月からは、英文科本科生《えいぶんかほんかせい》となりました。

下宿《げしゅく》は四月末《すえ》に、＊小石川区《こいしかわく》豊川町《とよかわちょう》の市川方《いちかわかた》へ移《うつ》っていました。そして、九月にまたかわります。

＊東京都文京区目白台《とうきょうとぶんきょうくめじろだい》

恋《こい》を知《し》る牧水《ぼくすい》

明治《めいじ》三十九年（一九〇六年）——。

一月には、「文庫《ぶんこ》」派《は》の詩人《しじん》、高田浩雲《たかだこううん》が始めた詩歌《しいか》の回覧雑誌《かいらんざっし》「聚雲《しゅううん》」に、前田夕暮《まえだゆうぐれ》、北原白秋《きたはらはくしゅう》、正富汪洋《まさとみおうよう》、三木露風《みきろふう》、有本芳水《ありもとほうすい》らとともに参加《さんか》しました。一年半ほどつづきます。

春ごろでしたか、英文科本科《えいぶんかほんか》の同級生七人で「北斗会《ほくとかい》」を結成《けっせい》し、やがて回覧雑誌《かいらんざっし》「北斗《ほくと》」を発行しました。小説《しょうせつ》を勉強する会で、牧水《ぼくすい》も土岐善麿《ときぜんまろ》（歌人《かじん》）も、小説《しょうせつ》や散文《さんぶん》を書きました。これも一年半ほどつづきます。

六月末《すえ》、帰省《きせい》の途《と》につきました。

神戸《こうべ》（兵庫県《ひょうごけん》）から船《ふね》にのり、＊細島《ほそしま》につくと、高等小学校時代《じだい》からの友人《ゆうじん》、日高園助《ひだかそのすけ》が出迎《でむか》えてくれました。

＊宮崎県日向市細島《みやざきけんひゅうがしほそしま》

「やあ、若山君《わかやまくん》、お帰り。」

「やあ、日高君《ひだかくん》、しばらく。」

園助《そのすけ》は港《みなと》の船問屋兼旅館《ふなどんやけんりょかん》・日高屋《ひだかや》（紀《き》の国屋《くにや》）の遠縁《とおえん》で、細島《ほそしま》に実家《じっか》があるのです。文学仲間《なかま》ではありませんが、牧水《ぼくすい》が出郷《しゅっきょう》するときも、日高屋《ひだかや》に泊《と》まりこんで見送ってくれた、親友《しんゆう》なのです。

かれは神戸高商《こうべこうしょう》（神戸《こうべ》大学の前身《ぜんしん》）の学生でした。

近況《きんきょう》を伝《つた》え合うなかで、

「じつはおれ、落ちこんでるんだよ。神戸《こうべ》の下宿《げしゅく》の隣家《となり》にかわいい娘《こ》がいてねえ、結婚《けっこん》をもうしこんだんだが、まだ学生さんなんだから、と親御《おやご》さんが相手《あいて》にしてくれないんだ。」

「それでしょんぼりしてたのか。学生だからって、恋《こい》は恋《こい》だ。結婚《けっこん》したいほど好きなのなら、なんとかしなくちゃいけないよ。よし、おれがかけあってやろう。これからすぐ、行ってきてやるよ。」

「いや、きみにそんな面倒《めんどう》はかけられないよ。」

「何をいうんだ。これがほうっておけるか。」

親友《しんゆう》のなげきを見かねて、牧水《ぼくすい》は神戸《こうべ》へとんぼ返りすることになりました。

まるで自分の恋《こい》のような、熱心《ねっしん》さでした。牧水《ぼくすい》ももう二十歳《はたち》、青春《せいしゅん》のさなかなのです。

意気込《いきご》みはすばらしかったのですが、のりこんだ神戸《こうべ》で、日高《ひだか》を喜ばせる成果《せいか》はえられませんでした。

その家には小枝子《さえこ》とかいう、親戚《しんせき》の娘《むすめ》がいて、お茶《ちゃ》を出したりしてくれました。

再《ふたた》び細島《ほそしま》に上陸《じょうりく》したのは、七月の上旬《じょうじゅん》でした。

不首尾《ふしゅび》の無駄足《むだあし》にしょげていた牧水《ぼくすい》の前に、

「やあ、若山君《わかやまくん》じゃないか。」

「まあ、若山《わかやま》さん。」

二つのなつかしい顔《かお》があらわれました。

中学時代の文学仲間《ぶんがくなかま》鈴木財蔵《すずきさいぞう》と、日高屋《ひだかや》の娘《むすめ》日高秀子《ひだかひでこ》でした。

鈴木《すずき》は延岡《のべおか》の出身《しゅっしん》で、鹿児島造士館《かごしまぞうしかん》（鹿児島大学《かごしまだいがく》の前身《ぜんしん》）の学生でした。秀子《ひでこ》は東京《とうきょう》の、日本女子大学英文科《にほんじょしだいがくえいぶんか》の学生でした。

三人は細島《ほそしま》の海岸《かいがん》を散歩《さんぽ》しました。

鈴木《すずき》と秀子《ひでこ》とは、ただの知り合いでした。牧水《ぼくすい》と秀子《ひでこ》も、ただの顔見知《かおみし》りでした。

ところが、秀子《ひでこ》と磯《いそ》を歩く牧水《ぼくすい》は、うっとりと幸《しあわ》せな、ピンク色のかげろうにつつまれていました。

秀子《ひでこ》もまたうっとりと、幸せそうなのでした。

三人はそれぞれの学生生活を語《かた》り、磯辺《いそべ》で小半日《こはんにち》をすごしました。

坪谷《つぼや》の若山家《わかやまけ》に帰りついても、牧水《ぼくすい》はうっとりぼんやりとしていました。


海の声ほのかにきこゆ磯《いそ》の日のありしをおもふ《う》そのこひ《い》しさに

（海の声がかすかにきこえる。あの磯《いそ》の日のことをおもう、その恋《こい》しさに。）

ただ、実家《じっか》での牧水《ぼくすい》は、うっとりぼんやりもしていられない、きびしい状況《じょうきょう》の中にありました。

父立蔵《りゅうぞう》が鉱山《こうざん》のことに手を出して失敗《しっぱい》し、祖父健海《そふけんかい》からうけついだ山林《さんりん》を売りはらうことになったのです。

家の経済事情《けいざいじじょう》はいっそうわるくなりました。

牧水《ぼくすい》はすこしでも収入《しゅうにゅう》をえようと、東京《とうきょう》で家庭教師《かていきょうし》などもしていたのですが、この窮地《きゅうち》をすくってくれたのが、中学時代の恩師《おんし》・黒木《くろき》先生でした。都農《つの》の義兄《ぎけい》・河野佐太郎《こうのさたろう》を手紙で説得《せっとく》してくれた、親戚《しんせき》の国語の先生です。

牧水《ぼくすい》は十月から、延岡《のべおか》中学校校友会奨学金貸費生《こうゆうかいしょうがくきんたいひせい》として、毎月八円もらえることになりました。

九月中旬《ちゅうじゅん》に上京《じょうきょう》して、また、〝学生〟と〝文学活動〟の生活が始まりました。

そしてそこには、今まで見られなかった、なまめかしいときめきがありました。日高秀子《ひだかひでこ》と時どき、会うようになったのです。

それでも、それは、恋《こい》のようでいて、はげしくもえあがることはありませんでした。

秀子《ひでこ》は細島《ほそしま》きっての資産家《しさんか》の娘《むすめ》、牧水《ぼくすい》は山村《さんそん》の貧乏医者《びんぼういしゃ》のむすこ。どうにもつりあわないのです。

十二月には、秀子《ひでこ》に縁談《えんだん》が持ちあがったようです。

明治《めいじ》四十年（一九〇七年）――。

一月、前田夕暮《まえだゆうぐれ》が短歌雑誌《たんかざっし》「向日葵《ひぐるま》」を創刊《そうかん》しました。

蒲原有明《かんばらありあけ》、岩野泡鳴《いわのほうめい》、三木露風《みきろふう》、有本芳水《ありもとほうすい》らの長詩《ちょうし》、尾上柴舟《おのえさいしゅう》、金子薫園《かねこくんえん》、若山牧水《わかやまぼくすい》、正富汪洋《まさとみおうよう》、前田夕暮《まえだゆうぐれ》らの短歌をのせ、反《はん》「明星《みょうじょう》」の姿勢《しせい》を示《しめ》しました。

同人《どうじん》は汪洋《おうよう》、芳水《ほうすい》、露風《ろふう》、牧水《ぼくすい》、夕暮《ゆうぐれ》の、車前草社《しゃぜんそうしゃ》の五人と内藤鋠策《ないとうしんさく》でした。

夕暮《ゆうぐれ》の意気込《いきご》みにもかかわらず、翌月《よくげつ》に出た二号《ごう》で終わりになります。

雑誌《ざっし》を出すというのは、たいへんお金のかかることなのです。

夕暮《ゆうぐれ》は牧水《ぼくすい》より二歳年上《さいとしうえ》、神奈川県秦野市南矢名《かながわけんはだのしみなみやな》（現在《げんざい》）の豪農《ごうのう》の長男《ちょうなん》でした。

四月のはじめごろ、*牛込区南榎町《うしごめくみなみえのきちょう》の牧水《ぼくすい》の下宿《げしゅく》に、二人の来客《らいきゃく》がありました。

*東京都《とうきょうと》新宿区南榎町《しんじゅくくみなみえのきちょう》

「ごめんください。若山《わかやま》さまはご在宅《ざいたく》でしょうか。」

「おじゃまします。」

二階《かい》から玄関《げんかん》をのぞいた牧水《ぼくすい》は、そこに立っている男女《だんじょ》を見て、

（あれっ⁉）

と、思いました。

わかい男は知らない顔ですが、わかい女性《じょせい》のほうは、

（どこかで見たような。はて、だれだったか？）

たしかに見おぼえがあるのです。

「若山《わかやま》さまですね。お見わすれかと存《ぞん》じますが、神戸《こうべ》の赤坂家《あかさかけ》でお目にかかりました、園《その》田小枝子《だ さ え こ》でございます。日高園助《ひだかそのすけ》さまから、ご紹介状《しょうかいじょう》をいただいてまいりました。」

それを聞いて、牧水《ぼくすい》はやっと思い出せました。

「ああ、あのときの……！　それは、それは……さあ、どうぞおあがりください。」

昨年《さくねん》の夏、園助《そのすけ》の結婚話《けっこんばなし》の談判《だんぱん》をしにいった神戸《こうべ》の家で、牧水《ぼくすい》にお茶《ちゃ》を出してくれた、親戚《しんせき》の娘《むすめ》さんだったのです。

二人を四畳半《よじょうはん》の自室《じしつ》にとおしました。

「こちらは赤坂《あかさか》カヨの弟《おとうと》、庸三《ようぞう》……わたくしの従弟《いとこ》でございます。」

「赤坂庸三《あかさかようぞう》です。よろしくお願いいたします。」

それにしても、どんな用件《ようけん》で、二人はたずねてきたのでしょうか。

園助《そのすけ》の紹介状《しょうかいじょう》をさし出し、小枝子《さえこ》が話しはじめます。

「わたくし、東京でくらしたいと思いまして、先日《せんじつ》、神戸《こうべ》から出てまいりました。この庸三《ようぞう》の、*本郷春木町《ほんごうはるきちょう》の下宿《げしゅく》に住《す》むことになりましたが、親類《しんるい》とてなく、なにぶん心《こころ》細《ほそ》い二人ですので、ぜひ若山《わかやま》さまにご相談相手《そうだんあいて》になっていただきたくて、お願《ねが》いにあがったのでございます。」

*東京《とうきょう》都《と》文京《ぶんきょう》区《く》本郷《ほんごう》

小枝子《さえこ》は家からの仕送《しおく》りはなく、造花《ぞうか》や縫《ぬ》い物の内職《ないしょく》で生活していくといいます。庸三《ようぞう》は神戸《こうべ》の父が事業《じぎょう》に失敗《しっぱい》して家が貧《まず》しいので、アルバイトをしながら夜学《やがく》にかよっているそうです。年は牧水《ぼくすい》より三つ下とのこと。

「そうですか、それは心細いことでしょう。わたしも貧乏《びんぼう》学生で何もしてあげられませんが、どうぞ時どき、話をしにおいでください。ところで、日高《ひだか》はどうしていますか？」

「お元気ですよ。ご結婚《けっこん》のことはさておいて、カヨさんと今でもなかよくなさっています。」

「ほう、それはよかった。」

「だからこそ、若山《わかやま》さまへのおとりつぎをお願いできたのですわ。」

――それ以後《いご》、小枝子《さえこ》との交際《こうさい》が始まりました。

たずねてくるのはいつも、庸三《ようぞう》といっしょでした。

牧水《ぼくすい》は庸三《ようぞう》に家庭教師《かていきょうし》の口を世話してあげたり、二人にごちそうしてあげたりしました。

六月十七日に大学の学年試験《しけん》が終わって、十九日――、牧水《ぼくすい》は小枝子《さえこ》とふたりで、*武蔵野《むさしの》を歩きました。

*東京都《とうきょうと》の中西部《ちゅうせいぶ》

「小枝《さえ》さん、国木田独歩《くにきだどっぽ》の『武蔵野《むさしの》』を知っていますか?」

「いいえ、文学のことにはうとくて。」

「そうですか、こういう雑木林《ぞうきばやし》の味《あじ》わいをつづった名文《めいぶん》なんですよ。」

「広びろとしていて、いいですわね。関西《かんさい》とちがって、常磐木《ときわぎ》がすくないですね。」

小枝子《さえこ》は広島県《ひろしまけん》の出身《しゅっしん》なのでした。今はよくなっていますが、長らく須磨療養所《すまりょうようじょ》（神戸《こうべ》市《し》）で肺結核《はいけっかく》の療養《りょうよう》をしていたといいます。

牧水《ぼくすい》は小枝子《さえこ》の身の上を深《ふか》くはたずねませんでした。ただ、話の端《はし》ばしから、〃あわれな運命《うんめい》の内に住んでいる、あわれな女性《じょせい》〟——だと思っていました。

くわしいことは知りたくなかったのです。知ろうとは思わなかったのです。なぜって、
今こうして、かの女《じょ》といるだけで、こんなにたのしいのです。

ですから牧水《ぼくすい》は、小枝子《さえこ》が自分より一歳年上《さいとしうえ》で、しかも、二人の子を持つ人妻《ひとづま》だなんて、ちっとも知らなかったのです。

小枝子《さえこ》はもちろん、そのことにはふれませんし、牧水《ぼくすい》はなにぶんうっとりとしてしまって、気がつかなかったのです。

不幸《ふこう》な生《お》い立《た》ちのせいか、なぞめいたところはあるが、

〝きれいな娘《むすめ》さん〟

——で、牧水《ぼくすい》には違和感《いわかん》がなかったのです。

〝幾山河《いくやまかわ》〟と〝白鳥《しらとり》は〟

この明治《めいじ》四十年六月の、二十二日、牧水《ぼくすい》は同じ下宿《げしゅく》にいた中学時代からの友人《ゆうじん》直井敬《なおいけい》

三、早稲田《わせだ》の級友《きゅうゆう》土岐善麿《ときぜんまろ》（当時の号《ごう》は「湖友《こゆう》」）とともに、東京《とうきょう》を出発しました。
京都《きょうと》に三日間滞在《たいざい》して市内見物をし、奈良《なら》へ向かう土岐《とき》と別れました。

土岐《とき》はいっしょに武蔵野《むさしの》の旅《たび》をしたこともある短歌の友で、東京《とうきょう》の出身《しゅっしん》でした。

直井《なおい》は神戸《こうべ》から船にのりました。

ひとりになった牧水《ぼくすい》は、神戸《こうべ》から汽車《きしゃ》で岡山《おかやま》へ向かいました。

学生生活最後《さいご》の夏休みでもあり、旅《たび》をして帰ることにしたのです。

岡山駅前《おかやまえきまえ》の旅館《りょかん》・初音《はつね》に泊《と》まったのが、六月二十九日でした。

岡山《おかやま》から中国鉄道湛井線《ちゅうごくてつどうたたいせん》で、終点《しゅうてん》の湛井《たたい》（岡山県総社市《おかやまけんそうじゃし》）まで行き、そこからは高梁川《たかはしがわ》に沿《そ》って歩きました。

さかのぼる渓流《けいりゅう》は、ふるさとの耳川《みみかわ》や坪谷川《つぼやがわ》を思わせます。

高梁《たかはし》（岡山県高梁市《おかやまけんたかはしし》）に泊《と》まり、新見《にいみ》（岡山県新見市《おかやまけんにいみし》）に泊《と》まりました。

新見《にいみ》は湛井《たたい》から山道十五里《り》（約《やく》六十キロ）、高梁《たかはし》からは九里《り》（約《やく》三十六キロ）、四面《しめん》山に囲《かこ》まれた小さないなか町でした。

新見《にいみ》を出ると、川ともはなれ、山村《さんそん》をすぎ、苦坂峠《にがさかとうげ》をこえます。

峠《とうげ》とはいっても、小高《こだか》い岡《おか》のようなもので、ゆるやかな登《のぼ》りです。それでもまわりには、中国山地《ちゅうごくさんち》の山やまが青あおと連《つら》なっています。

ひとり峠道《とうげみち》をゆく、色の黒いずんぐりとした若者《わかもの》……白がすりの着物《きもの》に小倉《こくら》のはかま、足はわらじにきゃはん、頭には麦《むぎ》わら帽子《ぼうし》――旅姿《たびすがた》の牧水《ぼくすい》です。

（すっかり山の中だなあ。山はいいなあ。これこそ、奥深《おくぶか》い本当の自然《しぜん》だ。目に見る自然《しぜん》、心の中の自然《しぜん》……作品はやはり、自然《しぜん》をつかんでいなくてはだめだ。）

このころ文学の世界では、空想《くうそう》や美化《びか》を捨《す》てて、現実《げんじつ》と人間をあるがままに描《えが》こうとする――自然主義《しぜんしゅぎ》が、勢力《せいりょく》を持ちはじめていました。牧水《ぼくすい》は国木田独歩《くにきだどっぽ》や田山花袋《たやまかたい》の作品が好きでした。

道をゆく人がないわけではありませんが、自然《しぜん》の中で気分《きぶん》のよくなった牧水《ぼくすい》は、朗吟《ろうぎん》を始めました。

山のあなたの空遠く
「幸《さいわい》」住《す》むと人のいふ《う》。

噫《ああ》、われひとと尋《と》めゆきて、
涙《なみだ》さしぐみかへ《え》りきぬ。
山のあなたになほ《お》遠く
「幸《さいわい》」住むと人のいふ《う》。

さびさびとして渋《しぶ》く、よくとおる声です。

これはカール・ブッセの「山のあなた」という詩《し》で、前々年《ぜんぜんねん》に出た、上田敏《うえだびん》の訳詩集《やくししゅう》『海潮音《かいちょうおん》』にのっていたものです。

下りはかなり急《きゅう》で、うす暗《ぐら》い林の中をぬけていきます。

前方《ぜんぽう》の視界《しかい》がひらけ、青い山やまが見えました。二本松峠《にほんまつとうげ》のある、備中《びっちゅう》（岡山県《おかやまけん》の西部《せいぶ》）・備後《びんご》（広島県《ひろしまけん》の東部《とうぶ》）の国境《くにざかい》です。

はるか下に、阿哲峡《あてつきょう》の渓流《けいりゅう》が見えました。

山峡《さんきょう》の村をいくつかとおりぬけ、二本松峠《にほんまつとうげ》への山道にかかりました。

ここもゆるやかな登《のぼ》りです。

牧水《ぼくすい》は何やらつぶやいていました。口の中でとなえて、歌の五七五七七を組み立てているのかもしれません。あるいは、できあがった歌の、なめらかさをたしかめているのかもしれません。

二本松峠《にほんまつとうげ》（岡山県新見市哲西町《おかやまけんにいみしてつせいちょう》）は、新見《にいみ》から二十五キロ、広島県の東城《とうじょう》*から三キロ、標高《ひょうこう》は三百三十メートルほどで、岡《おか》の上の原っぱのようなところです。*広島県庄原市東城町《ひろしまけんしょうばらしとうじょうちょう》

長い夏の日も、もう暮《く》れかかっていました。

峠《とうげ》にはぽつんと一軒《けん》、熊谷屋《くまたにや》という茶店《ちゃみせ》がありました。宿屋《やどや》をかねていたので、ここに泊《と》まることにしました。

それは、七月二日だったでしょうか。七月三日だったでしょうか。

その夜牧水《よぼくすい》は、東京《とうきょう》の有本芳水《ありもとほうすい》に葉書《はがき》を書きました。

じつは今度の旅《たび》は、姫路《ひめじ》（兵庫県《ひょうごけん》）に生まれ岡山《おかやま》で少年時代を送った芳水《ほうすい》から、

「帰省《きせい》の途《と》中岡山《ちゅうおかやま》に寄《よ》って、中国地方を歩いてみないか。きみの尊敬《そんけい》する田山花袋《たやまかたい》が、高《たか》梁川《はしがわ》の渓谷《けいこく》をほめているんだ。まもなく発表《はっぴょう》する『蒲団《ふとん》』という小説《しょうせつ》に、新見《にいみ》が登場《とうじょう》しているらしいよ。ぜひ、行ってみるといい。」

とすすめられたのでした。
だから、報告《ほうこく》をする必要《ひつよう》があったのです。
葉書《はがき》には歌が二首《しゅ》、書きそえられました。
その一首《しゅ》が、

幾山河《いくやまかわ》越《こ》えさり行かば寂《さび》しさの終《は》てなむ国《ん》ぞ今日《きょう》も旅《たび》ゆく

——歌集《かしゅう》『海の声』『別離《べつり》』

(幾《いく》つの山や河《かわ》を越《こ》えて行ったならば、寂《さび》しさの尽《つ》きてしまう国に行きつけるのであろうか。今日《きょう》も寂《さび》しさをまとい、旅《たび》をつづけてゆくことである。)
(幾《いく》つもの山や河《かわ》を越《こ》えて行ったならば、きっとこの寂《さび》しさの尽《つ》きてしまう国があるにちがいない。そう思いながら、今日《きょう》も旅《たび》をつづけてゆくのである。)

——でした。

どうしても消《け》せない寂《さび》しさ。寂《さび》しさとともに生きていくのが、人生《じんせい》なのかもしれない。
人生は寂《さび》しさの旅《たび》なのだ。――と、牧水《ぼくすい》はいっているようです。

浪漫的《ろうまんてき》で、ちょっぴりセンチメンタルです。自然主義《しぜんしゅぎ》の落ちつきも感じられます。ひびきの強さは『万葉集《まんようしゅう》』の影響《えいきょう》でしょうか。

広く愛誦《あいしょう》される牧水《ぼくすい》の名歌《めいか》が、ここに生まれたのです。

寂《さび》しさも、人生の張《は》り合《あ》いです。張《は》り合《あ》いのある、力のこもった歌が詠《よ》めたのは、牧水《ぼくすい》の心に〝小枝子《さえこ》〟がいたからではないでしょうか。

この「幾山河《いくやまかわ》」の歌は、「新声《しんせい》」八月号《ごう》に、「旅人《たびびと》」十五首《しゅ》の一首《しゅ》として発表《はっぴょう》されました。
坪谷《つぼや》の家に帰りついてすぐ、送稿《そうこう》したのでした。

二本松峠《にほんまつとうげ》をこえて広島県《ひろしまけん》に入った牧水《ぼくすい》は、*宮島《みやじま》をたずねています。

二本松峠《にほんまつとうげ》から山陽本線《さんようほんせん》の駅《えき》まで歩いたはずですが、広島《ひろしま》まではかなりあります。まっすぐ南下《なんか》して、福山《ふくやま》（広島県福山市《ひろしまけんふくやまし》）へ出たのかもしれません。

福山《ふくやま》には小枝子《さえこ》の夫《おっと》や子どもがいる園田家《そのだけ》があるのですが、牧水《ぼくすい》はまだ知りません。

広島県《ひろしまけん》の海辺《うみべ》の町に生まれた……きれいな娘《むすめ》、……愛《いと》しい小枝子《さえこ》――なのです。

*広島県廿日市市宮島《ひろしまけんはつかいちしみやじま》

広島《ひろしま》の海辺《うみべ》をゆく牧水《ぼくすい》は、うっとり夢見心地《ゆめみごこち》だったことでしょう。

この中国地方の旅《たび》は、芳水《ほうすい》にすすめられたこともありますが、小枝子《さえこ》のふるさとの空気にふれてみたい、ということも、大きかったのではないでしょうか。

山口《やまぐち》の瑠璃光寺《るりこうじ》にもうで、下関《しものせき》で友人《ゆうじん》と会い、*関門海峡《かんもんかいきょう》をわたって九州《きゅうしゅう》に入り、耶馬渓《やばけい》（大分県《おおいたけん》）をたずね、宇佐神宮《うさじんぐう》（大分県《おおいたけん》）にまいり、別府《べっぷ》（大分県《おおいたけん》）から細島《ほそしま》行きの船《ふね》にのりました。


*本州《ほんしゅう》の下関市《しものせきし》と九州《きゅうしゅう》の北九州市《きたきゅうしゅうし》を隔《へだ》てる海峡《かいきょう》

坪谷《つぼや》の家についたのは、七月十四日の夜でした。

七月二十二日ごろ、南日向《みなみひゅうが》（宮崎県南部《みやざきけんなんぶ》）への旅《たび》に出ました。都井《とい》（宮崎県串間市《みやざきけんくしまし》）で無医村《むいそん》の診療《しんりょう》にあたっている、父立蔵《りゅうぞう》に会いにいくのでした。

この小旅行《しょうりょこう》では、*日南海岸《にちなんかいがん》の青島《あおしま》、鵜戸神宮《うどじんぐう》、都井岬《といみさき》などをたずねました。

*宮崎県南部《みやざきけんなんぶ》の海岸《かいがん》

上京《じょうきょう》の途中《とちゅう》にも、十日ほどかけて、大阪《おおさか》、和歌山《わかやま》、奈良《なら》などをまわりました。

東京《とうきょう》にもどったのは、九月十日ごろでした。

十月から、土岐善麿《ときぜんまろ》ら早稲田《わせだ》の同級生《どうきゅうせい》五人で、「新声《しんせい》」の編集《へんしゅう》にあたることになりまし

た。（翌年《よくねん》三月まで）

このころから牧水《ぼくすい》は、就職《しゅうしょく》などしないで、故郷《こきょう》にも帰らないで、東京《とうきょう》で文学者として
やっていこう、と心を固《かた》めていきます。

歌人《かじん》として文壇《ぶんだん》に注目《ちゅうもく》されるようになってはいますが、文学者として立つには、短歌《たんか》だ
けではだめです。牧水《ぼくすい》は短編小説《たんぺんしょうせつ》にとりくんでいました。

十一月のある日、〝磯《いそ》の日〟の日高秀子《ひだかひでこ》が、大阪《おおさか》の病院《びょういん》でなくなりました。
結婚《けっこん》するはずだった相手《あいて》の男性《だんせい》に捨《す》てられ、母親《ははおや》につれられて故郷《こきょう》に帰る途中《とちゅう》でした。
牧水《ぼくすい》も新橋駅《しんばしえき》で見送《みおく》ってあげたのでした。

さらばとてさと見合《みあわ》せし額髪《ぬかがみ》のかげなる瞳《ひとみ》えは忘《わす》れめや　――歌集《かしゅう》『別離《べつり》』

（さようならといって、さっと見合わせた、あの時の前髪《まえがみ》のかげの瞳《ひとみ》を、どうして
忘《わす》れられようか。）

牧水《ぼくすい》は秀《ひで》さんのために泣《な》きました。秀《ひで》さんへの一時期《いちじき》の感情《かんじょう》は、牧水《ぼくすい》の初恋《はつこい》だったかもしれません。

淡《あわ》い恋《こい》の思い出とは別《べつ》に、牧水《ぼくすい》の前には、はげしく悩《なや》ましい恋《こい》がありました。

そのころの下宿《げしゅく》、牛込原町《うしごめはらまち》の専念寺《せんねんじ》（新宿区原町《しんじゅくくはらまち》二―五九）の離《はな》れへ、小枝子《さえこ》がしばしばやってくるのです。牧水《ぼくすい》も、小枝子《さえこ》の下宿《げしゅく》へ出かけていきました。

十二月、小説《しょうせつ》「姉妹《しまい》」を「新声《しんせい》」に、小説《しょうせつ》「一家《いっか》」を「東亜《とうあ》の光」に発表《はっぴょう》しました。後者《こうしゃ》によって、はじめての原稿料《げんこうりょう》をもらいました。五円か十円でした。

「新声《しんせい》」十二月号《ごう》には、「沈黙《ちんもく》」と題《だい》した短歌《たんか》三十首《しゅ》ものりました。

その第五首《しゅ》目に、

白鳥《しらとり》は哀《かな》しからずや空の青海のあをにも染《そ》まずただよふ《う》　――歌集《かしゅう》『海の声』『別離《べつり》』

（白い鷗《かもめ》は悲《かな》しくはないのであろうか。空の青さにも海の青さにも染《そ》まることなく、まっ白い姿《すがた》でただよっている。）

（白い鷗《かもめ》は哀《かな》しいものではないか。空の青さにも海の青さにも染《そ》まることなく、
まっ白い姿《すがた》でただよっている。）

――の歌がありました。

これもまた、牧水《ぼくすい》の代表作《だいひょうさく》です。愛誦《あいしょう》される名歌《めいか》です。

この歌はこの明治《めいじ》四十年の、秋ごろに作られたようです。

瀬戸内海《せとないかい》をゆく船から見た鷗《かもめ》を、思いうかべたのかもしれません。日向《ひゅうが》の海岸《かいがん》から見た鷗《かもめ》かもしれません。

画面《がめん》いっぱいに紺青《こんじょう》の海と紺碧《こんぺき》の空。空をバックに、海をバックに、自在《じざい》にとぶ白い鷗《かもめ》。スケールが大きく、色彩《しきさい》の対照《たいしょう》があざやかです。

白い鷗《かもめ》は牧水自身《ぼくすいじしん》でしょうか。それとも、愛《いと》しい小枝子《さえこ》でしょうか。

〝まわりの青にとけこめない白？　いや、自分はあくまでも白なんだ、ありふれた青なんかに染《そ》まりたくない。〟〝わたしの胸《むね》の中には、いつもくっきりと浮《う》き出てまぎれることのない、ひとりの人がいる。〟

孤独感《こどくかん》、悲哀感《ひあいかん》がただよい、それでいて、ロマンチックなときめきも感じさせるのです。
やはり、浪漫性《ろうまんせい》をおびた自然主義《しぜんしゅぎ》の歌です。
なお、ここでは歌集《かしゅう》に収《おさ》められた、のちの形《かたち》を示《しめ》しましたが、雑誌《ざっし》に発表《はっぴょう》されたとき
は、「白鳥」を「はくちょう」と読ませ、「海の青そらのあを」となっていました。
この歌が愛誦《あいしょう》されるようになって、牧水《ぼくすい》が朗詠《ろうえい》したり色紙《しきし》に書いたりするとき、時どき
「海の青空のあをにも」と、海のほうが先になったりしたということです。

第四章　歌人《かじん》として立つ

処女歌集《しょじょかしゅう》『海《うみ》の声《こえ》』

牧水《ぼくすい》は明治《めいじ》四十一年（一九〇八年）の正月を、房総半島《ぼうそうはんとう》（千葉県《ちばけん》）の南端《なんたん》、根本海岸《ねもとかいがん》（千《ち》葉県《ばけん》南《みなみ》房総《ぼうそう》市《し》白浜町《しらはままち》）でむかえました。

前年《ぜんねん》の暮《く》れ十二月二十七日に、霊岸島《れいがんじま》から館山《たてやま》（当時は北条《ほうじょう》）まで船できて、あとは人力車《じんりきしゃ》にのったのでした。

小枝子《さえこ》といっしょでした。（そしてもう一人、小枝子《さえこ》の従弟庸三《じゅうていようぞう》も）

宿《やど》は「浜《はま》の小平《こへい》」という、民宿《みんしゅく》のような家。

すぐ前が海岸《かいがん》でした。海上《かいじょう》はるかに、煙《けむり》をはく大島《おおしま》（東京都大島《とうきょうとおおしま》）が見えます。その右に*富士山《ふじさん》。日は海からのぼり、海にしずみます。*静岡県《しずおかけん》と山梨県《やまなしけん》にまたがる

ひなびた漁村《ぎょそん》で、海にもぐる海女《あま》もいます。白い鷗《かもめ》もとんでいます。

*房州《ぼうしゅう》は冬でもあたたかく、正月は暦《こよみ》の上でもう春です。*千葉県南端《ちばけんなんたん》

恋《こい》するふたりは、はげしくもえました。

ああ接吻《くちづけ》海そのままに日は行かず鳥翔《とりま》ひながら死せ果《うは》てよいま

——歌集《かしゅう》『海の声』『別離《べつり》』

（ああ、あなたとのくちづけ。海は動きをやめよ、太陽《たいよう》はとまれ、鳥《とり》はとびながら死《し》んでしまえ、このすばらしい今。）

くちづけは永《なが》かりしかなあめつちにかへ《え》り来てまた黒髪《くろかみ》を見る

——歌集《かしゅう》『海の声』『別離《べつり》』

（長いくちづけであったことよ。うっとりとして天地《あめつち》をはなれてしまっていたが、今、われにかえってまた、あなたの黒髪《くろかみ》を見ている。）

根本海岸《ねもとかいがん》には二週間ほどいて、一月十日ごろ東京《とうきょう》に帰りました。二月はじめの節分《せつぶん》の夜、本郷春木町《ほんごうはるきちょう》の小枝子《さえこ》の下宿《げしゅく》で、小枝子《さえこ》と豆《まめ》まきをしました。まいた豆《まめ》をひろって年の数だけ食べるのが、古くからの習《なら》わしです。

牧水《ぼくすい》は小枝子《さえこ》の手の中の豆《まめ》を見て、「あれっ!?」と思いました。自分のひろった豆《まめ》より多いようなのです。

こたつに入っていっしょに食べるとき、気をつけて数《かず》をたしかめました。

当時《とうじ》の「数え年《かぞえどし》」に従《したが》えば——、小枝子《さえこ》は二十五粒《つぶ》、牧水《ぼくすい》は二十四粒《つぶ》——なのでした。

小枝子《さえこ》は一つ年上《としうえ》だったのです。

意外《いがい》でした。牧水《ぼくすい》はびっくりしましたが、それで熱《あつ》い恋《こい》がさめたわけではありません。

三月のある日、群馬《ぐんま》の人だとかいう、一人の中年《ちゅうねん》の男がたずねてきました。

「わたくし、東京《とうきょう》で出版業《しゅっぱんぎょう》を始めることにしました。場所《ばしょ》は下谷区《したやく》で、社名《しゃめい》は『文潮社《ぶんちょうしゃ》』です。そのうち、雑誌《ざっし》を出すつもりですが、初仕事《はつしごと》に、先生の歌の本を出さしていただきたいのです。どうか、よろしくお願《ねが》いいたします。」

牧水《ぼくすい》はびっくりしました。ふってわいた、夢《ゆめ》のようなうれしい話です。先生などとよばれたのもはじめてです。

自分をえらんでくれた理由《りゆう》や、出版《しゅっぱん》のあらましを聞いたあと、

「わかりました。ぜひお願《ねが》いします。」

もちろん、快諾《かいだく》しました。

さっそく、原稿整理《げんこうせいり》にとりかかりました。

昨年《さくねん》から今年《ことし》にかけて、「新声《しんせい》」に発表《はっぴょう》したものがほとんどです。

四月二十日ごろに原稿《げんこう》がまとまり、印刷所《いんさつじょ》へとどけました。

ほっとしてうれしい気分《きぶん》の中、四月二十五日、小枝子《さえこ》と武蔵野《むさしの》の百草園《もぐさえん》（当時は「百草山《もぐさやま》」、日野市《ひのし》）へ出かけました。

甲武鉄道《こうぶてつどう》（今の中央線《ちゅうおうせん》）の夜汽車《よぎしゃ》にのって、日野駅《ひのえき》でおりました。もう人力車《じんりきしゃ》がないので、一里《り》（約《やく》四キロ）あまりの夜道《よみち》をふたりで歩きました。

百草園《もぐさえん》（東京都日野市《とうきょうとひのし》）は江戸時代《えどじだい》から文人墨客《ぶんじんぼっかく》に親《した》しまれた、小山《こやま》の上の庭園《ていえん》です。*多摩川《たまがわ》の流れる、武蔵野《むさしの》の平原《へいげん》を見わたせます。

*山梨県《やまなしけん》・東京都《とうきょうと》・神奈川県《かながわけん》を流れる川

牧水《ぼくすい》はすでに何度か来ていました。泊《と》めてもらう茶店《ちゃみせ》・喜楽亭《きらくてい》（石坂家《いしざかけ》）の家族《かぞく》とも顔なじみでした。

摘《つ》みてはすて摘《つ》みてはすてし野のはなの我等《われら》があとにとほ《お》く続きぬ

木《こ》の芽《め》摘《つ》みて豆腐《とうふ》の料理《りょうり》君《きみ》のしぬわびしかりにし山の宿《やど》かな
小鳥《ことり》よりさらに身《み》かろくうつくしく哀《かな》しく春の木《こ》の間《ま》ゆく君《きみ》

――歌集《かしゅう》『独《ひと》り歌へる《え》』『別離《べつり》』

二首《しゅ》目――豆腐《とうふ》の料理《りょうり》をしたのは、小枝子《さえこ》。その豆腐《とうふ》をふもとの村まで行って買ってきたのは、茶店《ちゃみせ》の十歳《さい》の娘《むすめ》、やまちゃん。

やまちゃんと三人で多摩川《たまがわ》まで散歩《さんぽ》に行ったり、たのしくすごしました。

二泊《はく》して帰ってきました。

処女歌集《しょじょかしゅう》『海《うみ》の声《こえ》』の出版《しゅっぱん》は、「新声《しんせい》」五月号《ごう》その他《た》に広告《こうこく》がのり、卒業試験《そつぎょうしけん》のころ校正《こうせい》をして、いよいよ本ができあがることになりました。

ところが、このときになって、あの出版社《しゅっぱんしゃ》のおやじは、気がかわって群馬《ぐんま》へ帰ってしまったのです。

ここまできて、出版《しゅっぱん》をとりやめるわけにはいきません。かといって、貧乏学生《びんぼうがくせい》の牧水《ぼくすい》には、お金がありません。

在京《ざいきょう》・地方《ちほう》の友人《ゆうじん》たちに、本を買ってくれるよう、本を売ってくれるよう、たのみました。ずっと援助《えんじょ》をしてもらっている都農《つの》の義兄《ぎけい》には、「卒業式《そつぎょうしき》のときにきるきものがないので」と、別の名目《めいもく》で無心《むしん》をしました。

尾上柴舟《おのえさいしゅう》先生からも、二十円をかりました。

群馬《ぐんま》へ帰った文潮社《ぶんちょうしゃ》のおやじも、「もうしわけない」ということで、いくらか送ってくれました。それに、印刷所《いんさつじょ》へ原稿《げんこう》を入れるとき、内金《うちきん》として四十円ほど出してくれていたのでした。

ともあれ、自費出版《じひしゅっぱん》のめどが立って、牧水《ぼくすい》の処女歌集《しょじょかしゅう》『海《うみ》の声《こえ》』は、七月十八日付《づ》けで発行《はっこう》されました。

発行所《はっこうじょ》は「生命社《せいめいしゃ》」、自分の下宿《げしゅく》です。

表紙《ひょうし》の絵は平福百穂《ひらふくひゃくすい》（日本画家《にほんがか》・歌人《かじん》）、題字《だいじ》は土岐善麿《ときぜんまろ》の筆《ふで》。序文《じょぶん》は尾上柴舟《おのえさいしゅう》。

明治《めいじ》三十九年から四十一年三月までの四百七十五首《しゅ》を収録《しゅうろく》。

定価《ていか》は五十銭《せん》、発行部数《はっこうぶすう》は七百部《ぶ》でした。

さびしい牧水《ぼくすい》

牧水《ぼくすい》は七月五日に早稲田大学文学科英文学科《わせだだいがくぶんがくかえいぶんがくか》を卒業《そつぎょう》したのですが、文学者として立とうとしているため、就職《しゅうしょく》はしませんでした。いや、適当《てきとう》な就職口《しゅうしょくぐち》がなかったというべきでしょうか。

九月に一度郷里《きょうり》に帰りましたが、宮崎《みやざき》での就職《しゅうしょく》をすすめる両親《りょうしん》や親戚《しんせき》の人たちをふりきって、また上京《じょうきょう》しました。

歌集《かしゅう》『海の声』は自費出版《じひしゅっぱん》になったため宣伝《せんでん》がうまくいかず、本は半分も売れないし、歌壇《かだん》でもほとんど問題にされませんでした。

文学仲間のだれよりも早い第一作品集でしたが、不運《ふうん》な出発《しゅっぱつ》となりました。

それでも、文学への意欲《いよく》は旺盛《おうせい》でした。

「全《ぜん》新文学《しんぶんがく》」という新しい文芸雑誌《ぶんげいざっし》を出そうと、原稿集《げんこうあつ》め、資金集《しきんあつ》めをしているのです。「文壇《ぶんだん》をあっといわせてやるぞ」という意気込《いきご》みなのです。

一方《いっぽう》、小枝子《さえこ》への情熱《じょうねつ》も前向きです。

小枝子《さえこ》との結婚《けっこん》を心に決めて、歌の上ではもう、「妻《つま》」とよんでいるのです。

専念寺境内《せんねんじけいだい》の下宿《げしゅく》は四畳半《よじょうはん》の一間《ひとま》きり……「新文学《しんぶんがく》」の発行所《はっこうじょ》として、小枝子《さえこ》との新婚《しんこん》の住《す》まいとして、狭《せま》すぎます。貧弱《ひんじゃく》すぎます。

十二月の二十四、五日ごろ、*牛込区若松町《うしごめくわかまつちょう》に二間《ふたま》ばかりの小さな家をかりて、ひっこしました。そして、婆《ばあ》やもやといました。 *東京都新宿区若松町《とうきょうとしんじゅくくわかまつちょう》
ところで——、牧水《ぼくすい》は就職《しゅうしょく》していないのだし、これらの経費《けいひ》をどう工面《くめん》したのでしょうか？　坪谷《つぼや》の実家《じっか》からは在学中《ざいがくちゅう》も送金《そうきん》がとだえがちで、半分は自分でかせいでいたそうです。だから今回《こんかい》も、自分でなんとかしたのでしょう。家庭教師《かていきょうし》とか、ちょっとした翻訳《ほんやく》とかでしょうか。文筆《ぶんぴつ》による収入《しゅうにゅう》ではなかったはずですが……？

それはそれとして、……せっかく家をかりて準備《じゅんび》をしたのに、両方《りょうほう》ともうまくいかなかったのです。

「新文学《しんぶんがく》」創刊号《そうかんごう》の原稿《げんこう》はほぼ集まったのですが、資金《しきん》が足《た》りなくて発行《はっこう》できません。

小枝子《さえこ》はなぜか逃《に》げ腰《ごし》なのです。愛《あい》し合っているはずなのに……。下宿《げしゅく》とちがって、気がねもいらないのに……。（じつは、専念寺《せんねんじ》境内《けいだい》の離《はな》れには、隣室《となり》に、中学時代からの友人直井敬三《なおいけいぞう》がいたのです。）

それなのに、かえって足が遠ざかってしまったのです。

牧水《ぼくすい》は首をかしげます。

牧水《ぼくすい》はまだ……小枝子《さえこ》が人妻《ひとづま》で、広島《ひろしま》の園田《そのだ》家《け》に夫《おっと》や二人の娘《むすめ》がいるということを、知らないのです。

かわいそうな牧水《ぼくすい》です。たいへんな恋《こい》をしてしまったものです。

小枝子《さえこ》だってつらいでしょう。できることなら、牧水《ぼくすい》と結婚《けっこん》したいでしょう。

でも、人妻《ひとづま》の身《み》では、あきらめるしかありません。

この明治《めいじ》四十一年という年は、歌壇《かだん》にもできごとがありました。

一世《いっせい》をふうびした浪漫《ろうまん》歌風《かふう》の「明星《みょうじょう》」（第一次《じ》）が、十一月に、百号《ごう》をもって終刊《しゅうかん》となりました。

自然主義文学《しぜんしゅぎぶんがく》がさかんになって、「星《ほし》よ、菫《すみれ》よ」の、夢《ゆめ》みるような甘《あま》ったるい歌ははやらなくなったのです。

十月には、正岡子規《まさおかしき》（明治《めいじ》三十五年没《ぼつ》）門下《もんか》の伊藤左千夫《いとうさちお》を中心に、歌誌《かし》「アララギ」が創刊《そうかん》されました。〝写生《しゃせい》〟を実践《じっせん》する写実主義《しゃじつしゅぎ》の結社誌《けっしゃし》で、平成《へいせい》九年（一九九七年）末《まつ》まで九十年間つづくことになります。

「明星《みょうじょう》」は終刊《しゅうかん》になりましたが、浪漫主義《ろうまんしゅぎ》がすたれたわけではありません。むしろ新しい形で、ますます発展《はってん》していきます。

主宰者与謝野寛《しゅさいしゃよさのひろし》（鉄幹《てっかん》）への不満《ふまん》から「明星《みょうじょう》」を脱退《だったい》していた北原白秋《きたはらはくしゅう》、吉井勇《よしいいさむ》、木下杢太郎《きのしたもくたろう》ら、それに「明星《みょうじょう》」にいた石川啄木《いしかわたくぼく》、高村光太郎《たかむらこうたろう》（四十二年から参加《さんか》）らが、十二月に「パンの会」を結成《けっせい》しました。自然主義《しぜんしゅぎ》に対抗《たいこう》する「耽美派《たんびは》」の交流会《こうりゅうかい》で、大いに酒《さけ》を飲み、大いに文学や芸術《げいじゅつ》を語り合います。

翌年《よくねん》一月、かれらが中心になって、森鷗外《もりおうがい》の指導《しどう》のもと、詩歌雑誌《しいかざっし》「スバル」が創刊《そうかん》されます。

「明星《みょうじょう》」の浪漫的作風《ろうまんてきさくふう》をうけつぎ深《ふか》めたもので、かれら新浪漫派《しんろうまんは》は、自然主義《しぜんしゅぎ》に対抗《たいこう》して、耽美的《たんびてき》な文学風潮《ぶんがくふうちょう》を作りあげることになります。

このころから大正《たいしょう》時代《じだい》にかけての歌壇《かだん》は、自然派《しぜんは》（若山牧水《わかやまぼくすい》、前田夕暮《まえだゆうぐれ》、土岐善麿《ときぜんまろ》、石川啄木《いしかわたくぼく》ら）、耽美派《たんびは》（北原白秋《きたはらはくしゅう》、吉井勇《よしいいさむ》ら）、アララギ派《は》（伊藤左千夫《いとうさちお》、長塚節《ながつかたかし》、島木赤彦《しまきあかひこ》、斎藤茂吉《さいとうもきち》ら）——の、三つの歌風《かふう》によって占《し》められたのでした。

明治《めいじ》四十二年（一九〇九年）——。

牧水《ぼくすい》は一月末《すえ》から二週間ほど、*南房州《みなみぼうしゅう》へ出かけました。*千葉県《ちばけん》の南部《なんぶ》

一月二十七日、船で館山《たてやま》（当時は北条《ほうじょう》）まで行き、そこに一泊《いっぱく》して、翌日《よくじつ》、*布良海岸《めらかいがん》へ向かいました。*千葉県館山市《ちばけんたてやまし》

一年前の*根本海岸《ねもとかいがん》とは浜《はま》つづきのとなり村——布良《めら》（館山市《たてやまし》）で、牧水《ぼくすい》はぼんやりと日をすごしました。*千葉県南房総市《ちばけんみなみぼうそうし》

歌も作りましたが、どれもさびしい歌ばかりです。

根本《ねもと》のほうへ、何度か歩いていきました。

小枝子《さえこ》のいない海岸《かいがん》は、ぬけがらのようです。

海を見ても、心はなぐさみません。

酒《さけ》でも飲むしかないようです。

宿《やど》（瓦屋《かわらや》・渡辺家《わたなべけ》）に手紙がとどきました。

館山《たてやま》の石井貞子《いしいていこ》からでした。

牧水《ぼくすい》は館山《たてやま》に泊《と》まったとき、夜、かの女《じょ》の家をたずねたのでした。

石井貞子《いしいていこ》は窪田空穂《くぼたうつぼ》門下《もんか》の新進《しんしん》の歌人《かじん》で、肺結核《はいけっかく》の転地療養《てんちりょうよう》のため、こちらにきていたのです。

友人《ゆうじん》の富田砕花《とみたさいか》（詩人《しじん》・歌人《かじん》）から紹介《しょうかい》されて、会いに行ったのですが、清《きよ》らかなはなやかさのある美しい人でした。

日本女子大学国文科《こくぶんか》を病気《びょうき》のため中退《ちゅうたい》——ということで、教養《きょうよう》もあり、気品《きひん》もありました。

牧水《ぼくすい》より二歳年上《さいとしうえ》で、小枝子《さえこ》との苦《くる》しい恋《こい》のぐちを聞いてもらえそうでした。

いや、貞子自身《ていこじしん》にひかれるものが……あったかもしれません。

小枝子《さえこ》の肺病《はいびょう》は軽《かる》かったようですが、貞子《ていこ》は寝《ね》ていることが多く、血《ち》をはいたりもしているのでした。

そんな貞子《ていこ》が、滞在中《たいざいちゅう》に一度、布良《めら》の牧水《ぼくすい》をたずねてきてくれました。

牧水《ぼくすい》も帰りに、館山《たてやま》（千葉県《ちばけん》）に二泊《はく》して、貞子《ていこ》の海に近い松林《まつばやし》の中の家をおとずれ、短歌《たんか》や小説《しょうせつ》や恋《こい》の話をしました。

東京《とうきょう》に帰ったのは、二月十一日でした。

何百《なんびゃく》と残《のこ》った歌集《かしゅう》『海の声』を、しかたなく古本屋《ふるほんや》に売りました。

一冊《さつ》八銭《せん》という、情《なさ》けないねだんでした。

「あんまりです、旦那《だんな》さま。なんとか売らずにおけないものでしょうか。」

と、婆《ばあ》やが泣《な》いてくやしがりました。

その婆《ばあ》やにもひまを出して、三月十六日、早稲田鶴巻町《わせだつるまきちょう》の八雲館《やくもかん》という下宿屋《げしゅくや》に移《うつ》りました。

このひっこしは、佐藤緑葉《さとうりょくよう》という早稲田《わせだ》時代の文学仲間と、住むところをとっかえたようなものでした。緑葉《りょくよう》はまもなく結婚《けっこん》するのです。

四月十八日、徴兵検査《ちょうへいけんさ》をうけましたが、丙種合格《へいしゅごうかく》（つまりは不合格《ふごうかく》）でした。兵隊《へいたい》には使えない若者《わかもの》だということです。牧水《ぼくすい》は体も弱く、かなり小柄《こがら》だったのです。

六月十九日、一年ぶりで、百草園《もぐさえん》へ出かけていきました。

今度は数週間《すうしゅうかん》の滞在《たいざい》になりそうです。

山にこもって、第二歌集《かしゅう》『独《ひと》り歌へる《え》』の編集《へんしゅう》をするのです。

牧水《ぼくすい》も同人《どうじん》になっている、名古屋《なごや》（愛知県）の歌誌《かし》「八少女《やおとめ》」の八少女会《やおとめかい》から、歌集《かしゅう》を出してくれることになったのです。

はりきって……といいたいところですが、やはり気のぬけたような、さびしい牧水《ぼくすい》でしかありません。

茶店《ちゃみせ》の娘《むすめ》やまちゃんも、気の毒《どく》がって身をひそめています。

去年《きょねん》の春の、そでの長い着物《きもの》をきた、きれいな女の人といっしょではないのです。散歩《さんぽ》のとき、その人をおんぶして小さな流れをわたった、あのにこやかなおじさんではないのです。

『独《ひと》り歌へる《え》』には、遠ざかる小枝子《さえこ》へのつらい恋《こい》の歌がたくさん収《おさ》められます。

館山《たてやま》の石井貞子《いしいていこ》にしきりに手紙を書いていた牧水《ぼくすい》は、かの女《じょ》を詠《よ》んだ歌も収《おさ》めるのですが、歌集《かしゅう》が出るころには、むなしい歌になってしまいます。病気が快方《かいほう》に向かった貞子《ていこ》は、牧水《ぼくすい》の大学時代の友人、三津木春影《みつぎしゅんえい》（小説家）と結婚《けっこん》してしまうのです。

全体に悲恋《ひれん》のさびしい歌集《かしゅう》ですが、小さな日だまりのように、小枝子《さえこ》とすごした百草園《もぐさえん》での歌が十数首《すうしゅ》収《おさ》められています。

百草園《もぐさえん》で編集《へんしゅう》をおえ、東京《とうきょう》にもどったのは、七月十五日でした。

その牧水《ぼくすい》に、

「若山君《わかやまくん》、『中央新聞《ちゅうおうしんぶん》』に記者《きしゃ》の口があるんだが、働《はたら》いてみないか。」

と、早稲田《わせだ》時代の級友《きゅうゆう》が声をかけてくれました。

「そうか、それはいい話だ。いや、ありがとう。」

生活に困《こま》っていたときでもあり、牧水《ぼくすい》は働いてみようと思いました。

中央新聞社《ちゅうおうしんぶんしゃ》に七月二十日ごろ、社会部記者《しゃかいぶきしゃ》として入社《にゅうしゃ》しました。

それから約《やく》五か月間、きゅうくつな洋服《ようふく》をきて、新聞記者生活《しんぶんきしゃせいかつ》をしました。月給《げっきゅう》は二十五円でした。

担当《たんとう》は三面記事《さんめんきじ》が主《しゅ》で、在職中《ざいしょくちゅう》の大きな記事《きじ》としては、滋賀県《しがけん》を中心に関西一帯《かんさいいったい》をおそった大地震《おおじしん》（八月）の見聞記《けんぶんき》と、ハルビン（中華人民共和国黒竜江省《ちゅうかじんみんきょうわこくこくりゅうこうしょう》の省都《しょうと》）で暗殺《あんさつ》された伊藤博文公《いとうひろぶみこう》の＊横須賀港《よこすかこう》での遺骸出迎《いがいでむか》え（十一月）――でした。

＊神奈川県横須賀《かながわけんよこすか》にある港

新聞社内《しんぶんしゃない》にもめごとがあったりして、十二月はじめには、退社《たいしゃ》してしまいます。

そんな十二月の下旬《げじゅん》……、東雲堂書店《しののめどうしょてん》の西村陽吉《にしむらようきち》から、思いがけない依頼《いらい》の手紙をうけとりました。

『わたしどもの東雲堂《しののめどう》は、これまでの受験参考書《じゅけんさんこうしょ》から文学書出版《ぶんがくしょしゅっぱん》に切りかえたのですが、手はじめに短歌《たんか》の総合雑誌《そうごうざっし》を出したいと思うのです。全国の歌人《かじん》が一つに集まれるような場《ば》を作りたいのです。つきましては、『海の声』の清新《せいしん》な抒情《じょじょう》の若山《わかやま》先生に、ぜひ編集《へんしゅう》をおひきうけいただきたく、お願《ねが》いする次第《しだい》です。』

西村陽吉《にしむらようきち》はこの年に東雲堂主人《しののめどうしゅじん》の養子《ようし》となり、翌年《よくねん》、十八歳《さい》のわかさで店主《てんしゅ》となる人です。牧水《ぼくすい》より七歳年下《さいとしした》で、短歌《たんか》の実作者《じっさくしゃ》でもあるのでした。

「新文学《しんぶんがく》」の創刊《そうかん》が資金不足《しきんぶそく》で流れたのがちょうど一年前、かねがね雑誌《ざっし》を出したいと思っていた牧水《ぼくすい》です。こんないい話はありません。東雲堂《しののめどう》はしっかりした出版社《しゅっぱんしゃ》だから安《あん》心《しん》です。それに、青年出版人《せいねんしゅっぱんじん》に自分の歌風《かふう》が気に入られたのも、うれしいことです。

すぐに快諾《かいだく》の返事《へんじ》を書きました。

直接西村《ちょくせつにしむら》とも会って、新雑誌《しんざっし》の構想《こうそう》をねりました。

誌名《しめい》は「創作《そうさく》」と決まりました。

今を時めく歌人牧水《かじんぼくすい》

明治《めいじ》四十三年（一九一〇年）――。

待望《たいぼう》の第二歌集《かしゅう》『独《ひと》り歌へ《え》る』が、一月一日付《づ》けで発行《はっこう》されました。

明治《めいじ》四十一年四月から四十二年七月までの五百五十一首《しゅ》を収《おさ》め、定価《ていか》は四十五銭《せん》。

しかし、これもまた、評判《ひょうばん》にはなりませんでした。

出版元《しゅっぱんもと》が地方《ちほう》の小結社《しょうけっしゃ》でお金もなく、部数《ぶすう》はわずかに二百部《ぶ》、宣伝《せんでん》も行きわたらなかったのです。

さびしい、気の毒《どく》な歌集《かしゅう》となりました。それに、愛誦《あいしょう》されるような名歌《めいか》も、ふくまれてはいませんでした。

一時心をよせた？　石井貞子《いしいていこ》が結婚《けっこん》してしまったり、新しい年も暗《くら》くなるかと見えましたが、三月には、牧水《ぼくすい》に春の陽光《ようこう》がふりそそぎました。

準備《じゅんび》を進めてきた総合歌誌《そうごうかし》「創作《そうさく》」が、三月一日、いよいよ創刊《そうかん》されたのです。

若山牧水編集《わかやまぼくすいへんしゅう》、東雲堂書店発行《しののめどうしょてんはっこう》。

主《おも》な寄稿者《きこうしゃ》は、尾上柴舟《おのえさいしゅう》、金子薫園《かねこくんえん》、窪田空穂《くぼたうつぼ》、前田夕暮《まえだゆうぐれ》、北原白秋《きたはらはくしゅう》、太田水穂《おおたみずほ》、相馬御風《そうまぎょふう》、佐藤緑葉《さとうりょくよう》、土岐善麿《ときぜんまろ》など。

この創刊号《そうかんごう》は、歌壇《かだん》だけでなく、広く文壇《ぶんだん》の視聴《しちょう》を集めました。

豪華《ごうか》な顔ぶれ、いや、編集《へんしゅう》の冴《さ》えでしょうか。しっかりとした宣伝《せんでん》・販売《はんばい》のルートを持った版元《はんもと》の力も大きかったでしょう。

〝若山牧水《わかやまぼくすい》〟の名はかがやきました。

第二号《ごう》には与謝野寛《よさのひろし》、吉井勇《よしいいさむ》、岩野泡鳴《いわのほうめい》、蒲原有明《かんばらありあけ》ら、第三号《ごう》には与謝野晶子《よさのあきこ》、石川啄木《いしかわたくぼく》なども寄稿《きこう》して、全国の短歌人《たんかじん》からの投稿《とうこう》もどんどんふえていきます。

「創作《そうさく》」創刊《そうかん》の翌月《よくげつ》、四月十日に、牧水《ぼくすい》の第三歌集《かしゅう》『別離《べつり》』が、東雲堂《しののめどう》から出版《しゅっぱん》されました。

西村陽吉《にしむらようきち》にすすめられて、雑誌《ざっし》の編集《へんしゅう》と並行《へいこう》して、歌集《かしゅう》の準備《じゅんび》もしていたのでした。

装幀《そうてい》は洋画家《ようがか》の石井柏亭《いしいはくてい》、本文《ほんもん》三百四十二ページで、定価《ていか》は七十五銭《せん》。

歌数《かすう》は千四首《しゅ》――『海の声』『独《ひと》り歌へ《え》る』の大部分と、新作百三十三首《しゅ》。

『別離《べつり》』一冊《さつ》によって、先行《せんこう》二歌集《かしゅう》の歌をまとめて読むことができるのです。しかも、東雲《しののめ》堂《どう》という名のある出版社《しゅっぱんしゃ》からの刊行《かんこう》です。

歌集《かしゅう》『別離《べつり》』は、たちまち評判《ひょうばん》になりました。

雑誌《ざっし》「創作《そうさく》」の好評《こうひょう》と相《あい》まって、〝若山牧水《わかやまぼくすい》〟はいちやく、注目《ちゅうもく》の歌人《かじん》となります。

人びとが「幾山河《いくやまかわ》」や「白鳥《しらとり》は」の歌を知ったのも、そのとりこになったのも、多くはこの歌集《かしゅう》によってでした。

実質的《じっしつてき》な第一歌集《かしゅう》ともいえるでしょう。

ちょうどそのころ、同じ尾上柴舟門下《おのえさいしゅうもんか》の前田夕暮《まえだゆうぐれ》が、処女歌集《しょじょかしゅう》『収穫《しゅうかく》』（三月、易風《えきふう》社《しゃ》）を自費出版《じひしゅっぱん》していて、これもたいへん好評《こうひょう》でした。

『別離《べつり》』の牧水《ぼくすい》、『収穫《しゅうかく》』の夕暮《ゆうぐれ》は、当時の歌壇《かだん》にあって、双璧《そうへき》の自然主義歌人《しぜんしゅぎかじん》としてたたえられ、大正《たいしょう》のはじめまで、「牧水《ぼくすい》・夕暮《ゆうぐれ》時代」とよばれるような華《はな》やかな活躍《かつやく》をすることになります。

ただ、同じ自然主義《しぜんしゅぎ》でも、牧水《ぼくすい》の歌は浪漫風《ろうまんふう》の熱情的《ねつじょうてき》なもので、夕暮《ゆうぐれ》の歌は現実暴露風《げんじつばくろふう》の理智的《りちてき》なものでした。

歌集《かしゅう》『別離《べつり》』には、牧水《ぼくすい》と縁《えん》のあった三人の女性《じょせい》が顔を見せています。かの女《じょ》たちが牧水《ぼくすい》に、青春《せいしゅん》の熱情《ねつじょう》と哀傷《あいしょう》の歌を詠《よ》ませたのです。なくなった日高秀子《ひだかひでこ》、結婚《けっこん》してしまった石井貞子《いしいていこ》、そして園田小枝子《そのださえこ》。小枝子《さえこ》との関係《かんけい》は、ごたごたしたまま、今もつづいています。本当に愛《あい》した女性《じょせい》であるだけに、こじれてくるといっそうやっかいです。

歌集《かしゅう》を「別離《べつり》」と名づけたのも、

〝昨日《きのう》までの自己《じこ》に潔《いさぎよ》く別れ去《さ》ろうとするこころに外《ほか》ならぬ。〟

――のですが、あっさりと別れられないのが小枝子《さえこ》です。

「創作《そうさく》」五月号《ごう》にこんな歌が発表《はっぴょう》されました。

海底《うなぞこ》に眼《め》のなき魚《うお》の棲《す》むといふ眼《め》の無き魚《うお》の恋《こい》しかりけり
——歌集《かしゅう》『路上《ろじょう》』

（深海《しんかい》の底《そこ》に眼《め》のない魚《うお》が棲《す》んでいるという。そういう眼《め》の働きの必要《ひつよう》でない魚《うお》が、恋《こい》しく思われることだ。）


「眼《め》のなき魚《うお》」にあこがれる牧水《ぼくすい》——、何もかもがわずらわしくて、目をおおいたくなるような現実《げんじつ》なのです。これはすでに、一月に作られていました。

牧水《ぼくすい》は心労《しんろう》でくたくたになっていました。

それに、「創作《そうさく》」の投稿歌《とうこうか》の選《せん》もたいへんです。添削指導《てんさくしどう》の返送《へんそう》もはかどりません。

牧水《ぼくすい》は心だけでなく、体もくたくたでした。

とうとう、逃《に》げだしてしまいます。

ほろびしものは

「創作《そうさく》」の編集《へんしゅう》を佐藤緑葉《さとうりょくよう》にまかせて、九月二日、牧水《ぼくすい》は東京《とうきょう》をはなれました。

牧水《ぼくすい》にとって、心身《しんしん》の疲《つか》れをいやすには、旅《たび》に出て自然《しぜん》の中に身をおくのが何よりなのです。

（やはり自然《しぜん》はいいなあ。わずらわしさがなくて、気持ちがそよいでくるよ。いなかにひっこんだ飯田《いいだ》君は、元気にしているかなあ。）

牧水《ぼくすい》はその日、甲府盆地《こうふぼんち》の東南《とうなん》の縁《ふち》、*山梨県東八代郡境川村《やまなしけんひがしやつしろぐんさかいがわむら》に、早稲田《わせだ》時代からの友人、飯田蛇笏《いいだだこつ》をたずねました。

*山梨県笛吹市境川町《やまなしけんふえふきしさかいがわまち》

蛇笏《だこつ》は牧水《ぼくすい》と同《おな》い年《どし》で同じ英文科ですが、中学をかわったりしていて、一級《きゅう》下でした。

明治《めいじ》三十九年九月から四十年二月まで、牛込区弁天町《うしごめくべんてんちょう》の霞北館《かほくかん》という下宿屋《げしゅくや》でいっしょだったのです。ちょうど日高秀子《ひだかひでこ》が、牧水《ぼくすい》をたずねてくるようになったころでした。

蛇笏《だこつ》は俳人《はいじん》ですが、早稲田《わせだ》時代には俳句《はいく》のほかに詩や小説《しょうせつ》も書き、「新声《しんせい》」や「文庫《ぶんこ》」に発表《はっぴょう》していました。

「やあ、若山《わかやま》君、よくきてくれた。なにぶん山国《やまぐに》で、ごちそうはないが、うまい酒《さけ》だけは用意してあるよ。」

「いや、ありがとう。君も元気そうで何よりだ。たいした旧家《きゅうか》なんだなあ。」

飯田家《いいだけ》は江戸《えど》時代には名字帯刀《みょうじたいとう》をゆるされていた大地主《おおじぬし》で、農家《のうか》ながら家屋敷《いえやしき》のたたずまいに風格《ふうかく》があります。

年貢米《ねんぐまい》を入れたという蔵《くら》の二階——そこは蛇笏《だこつ》の書斎《しょさい》「山廬《さんろ》」——に、十日あまり泊《と》めてもらいました。

「今や牧水《ぼくすい》は歌壇《かだん》の花形《はながた》だ。地方《ちほう》にいても、その威勢《いせい》がよくわかる。それにしても、『創作《そうさく》』の編集《へんしゅう》をおりたりして、もったいないよ。せっかく発展《はってん》している雑誌《ざっし》なのに。」

「いや、ぼくにもいろいろと事情《じじょう》があってねえ。飯田《いいだ》君にはいつも、俳句《はいく》をありがとう。佐藤《さとう》にかわっても、俳句欄《はいくらん》は残るはずだから、今後《こんご》も寄稿《きこう》をよろしくたのむよ。」

「ああ、発表《はっぴょう》の場を与《あた》えてくれて、感謝《かんしゃ》している。」

蛇笏《だこつ》はまだ充分《じゅうぶん》に、俳人《はいじん》としての評価《ひょうか》をえていない時期《じき》でした。

「飯田《いいだ》君にも事情《じじょう》はあると思うが、やはり東京《とうきょう》で文学活動をやるべきだよ。」

蛇笏《だこつ》は昨年《さくねん》、早稲田《わせだ》を中退《ちゅうたい》して、実家《じっか》に帰ったのでした。

「親父《おやじ》につれもどされたんだが、ぼくは長男《ちょうなん》でもあるし、こちらでやっていこうかと思うんだ。」

これが牧水《ぼくすい》のことばだとしたら、坪谷《つぼや》の両親《りょうしん》はどんなにか喜ぶことでしょう。

しかし、牧水《ぼくすい》の考えはちがいます。

「そうかなあ、ぼくにしたって、東京《とうきょう》にいたからこそ、ここまでやってこれたんだと思うんだ。いいものを作っても、地方《ちほう》にいたんじゃ、流れにのりきれないかもしれないよ。」

「まあ、それはそれで、しかたないんだよ、ぼくの場合《ばあい》は。」

友人の気持ちはもう、固《かた》まっていたようです。

けっきょく蛇笏《だこつ》は、以後《いご》郷里《きょうり》に定住《ていじゅう》して、「ホトトギス」（高浜虚子《たかはまきょし》主宰《しゅさい》）の中心作家として活躍《かつやく》し、俳誌《はいし》「雲母《うんも》」を主宰《しゅさい》するようになります。

日中《にっちゅう》は二人で山野《さんや》を歩きました。

竹林《ちくりん》をぬけ、狐川《きつねがわ》の木橋《きばし》をわたり、〝後山《こうざん(ごさん)》〟と蛇笏《だこつ》がよんでいる裏山《うらやま》に出ます。

「うーん、何度見ても、すばらしい大景《たいけい》だなあ。」

ここからは甲府盆地《こうふぼんち》が一望《いちぼう》なのです。

すぐ足元《あしもと》に境川村《さかいがわむら》の集落《しゅうらく》、その向こうに笛吹川《ふえふきがわ》、更《さら》に向こうに甲府市街《こうふしがい》。その背後《はいご》には、左から右へ、南アルプス、八ヶ岳《やつがたけ》、秩父《ちちぶ》の連山《れんざん》。

すばらしい大《だい》パノラマです。

「この景《けい》は、短歌《たんか》向きだろうか、俳句《はいく》向きだろうか。」

「さあ、それはどちらとも……。」

蛇笏《だこつ》はやがて、この景観《けいかん》を舞台《ぶたい》に、「芋《いも》の露連山影《つゆれんざんかげ》を正《ただ》しうす」（大正《たいしょう》三年）、「山国《やまぐに》の虚空日《こくうひ》わたる冬至《とうじ》かな」（大正《たいしょう》四年）、「雪山《ゆきやま》をはひ《い》まは《わ》りゐ《い》るこだまかな」（昭和《しょうわ》十一年）などの名句《めいく》を詠《よ》みます。

ほかに「を《お》りとりてはらりとおもきすすきかな」（昭和《しょうわ》五年）、「くろがねの秋の風鈴《ふうりん》鳴りにけり」（昭和《しょうわ》八年）などの秀句《しゅうく》があります。

牧水《ぼくすい》が蛇笏《だこつ》の境川村《さかいがわむら》をあとにしたのは、九月十三日でした。

その三日後に、蛇笏《だこつ》の祖母《そぼ》がなくなっています。蛇笏《だこつ》は牧水《ぼくすい》に気がねをさせないように

と、祖母《そぼ》が危篤状態《きとくじょうたい》にあることをかくしていたのでした。

母屋《おもや》へは顔を出さなかったので、牧水《ぼくすい》は気がつかなかったのです。

友人の厚《あつ》いもてなしに感謝《かんしゃ》しながら牧水《ぼくすい》は、甲府《こうふ》から汽車《きしゃ》にのり信濃路《しなのじ》に入りました。

中央本線《ちゅうおうほんせん》から篠ノ井線《しののいせん》をへて、信越本線《しんえつほんせん》の小諸駅《こもろえき》についたのが、夜の十時過ぎでした。

岩崎樫郎《いわさきかしろう》ら「白閃会《はくせんかい》」の連中《れんちゅう》が出迎《でむか》えてくれました。

岩崎《いわさき》は東京《とうきょう》からこちらへきている若《わか》い医者《いしゃ》で、「創作《そうさく》」の誌友《しゆう》であり、牧水《ぼくすい》の門下《もんか》なのでした。

岩崎《いわさき》がつとめている田村病院《たむらびょういん》の、二階の一室《いっしつ》においてもらい、二か月あまりも滞在《たいざい》することになります。

小諸《こもろ》（長野県小諸市《ながのけんこもろ》）は浅間山《あさまやま》の裾野《すその》、北国街道《ほっこくかいどう》の宿駅《しゅくえき》で、一万五千石《ごく》の大名《だいみょう》牧野氏《まきのし》の城下町《じょうかまち》。小諸城跡《こもろじょうあと》は「懐古園《かいこえん》」となり、すぐ下を＊千曲川《ちくまがわ》が流れています。

＊信濃《しなの》川が長野県《ながのけん》にさかのぼると千曲川《ちくまがわ》と呼ばれる

田村病院《たむらびょういん》は小諸宿《こもろじゅく》の旧本陣《きゅうほんじん》で、江戸時代中期《えどじだいちゅうき》の建物《たてもの》だという、切妻造《きりづまづく》りで二階のはり出した、大きくて古風《こふう》な家（昭和《しょうわ》四十九年、重要文化財指定《じゅうようぶんかざいしてい》）でした。

南国《なんごく》生まれの牧水《ぼくすい》にとって、*信州《しんしゅう》の風物《ふうぶつ》には新鮮《しんせん》な感動《かんどう》がありました。

*今の長野県《ながのけん》

林檎《りんご》が木になっているのです。はじめて見る光景《こうけい》です。病院の庭《にわ》に二、三十本。もうだいぶ赤くなっています。

浅間山《あさまやま》のふもとの白樺林《しらかばばやし》。白樺《しらかば》もはじめてです。純白《じゅんぱく》の大きな幹《みき》に身をよせていると、なぜだか涙《なみだ》があふれてきました。

胡桃《くるみ》の木もはじめてのような気がします。大きな木によじのぼり、まだ青い実《み》を落とし、石でわって食べました。

落葉松《からまつ》ははじめてではありません。一昨年《いっさくねん》、早稲田《わせだ》の卒業式《そつぎょうしき》のあと、七月下旬《げじゅん》から八月上旬《じょうじゅん》にかけて、土岐善麿《ときぜんまろ》と*軽井沢《かるいざわ》へ出かけて、そこではじめて見たのでした。

*群馬県《ぐんまけん》・長野《ながの》県《けん》の県域《けんいき》にまたがる地名

小諸《こもろ》では、散歩《さんぽ》から帰ってくると、着物《きもの》のそでに細《こま》かな黄色《きいろ》い落葉《おちば》がついていたりしました。

牧水《ぼくすい》は木の根方《ねかた》や秋草《あきくさ》の中で寝《ね》ころんでくるのでした。小枝子《さえこ》のことを思いながら……。

寝《ね》ころんでいて、名吟《めいぎん》が生まれました。

かたは《わ》らに秋ぐさの花かたるらくほろびしものはなつかしきかな　——歌集《かしゅう》『路上《ろじょう》』

（かたわらに秋草《あきくさ》の花が咲《さ》いていて、その花が語《かた》ることには、「ほろび去《さ》ったものはなんとなつかしいことよ」。）

〝ほろびしもの〟とは、もう終わってしまった、小枝子《さえこ》との苦《くる》しい恋《こい》なのでしょうか。あるいは*懐古園《かいこえん》の、城跡《しろあと》の印象《いんしょう》でしょうか。

牧水《ぼくすい》はもちろん、小諸城址《こもろじょうし》をたずねています。

*長野県《ながのけん》小諸《こもろ》市にある市営公園。かつて小諸城《こもろじょう》がこの地にあった

島崎藤村《しまざきとうそん》の詩「千曲川旅情《ちくまがわりょじょう》の歌《うた》」（小諸《こもろ》なる古城《こじょう》のほとり……）にあこがれを感じていたのでした。

牧水《ぼくすい》の小諸滞在《こもろたいざい》は二か月あまりにもおよびましたから、あちこちへ出かけています。

*浅間山《あさまやま》にのぼったり、軽井沢《かるいざわ》のほうへも足をのばしています。

*群馬県《ぐんまけん》と長野県《ながのけん》の境《さかい》に位置する火山

「白閃会《はくせんかい》」の連中《れんちゅう》と歌会《かかい》を開き、短歌《たんか》について語り合いました。

大屋《おおや》の別荘《べっそう》にきていた、山本鼎《やまもとかなえ》（洋画家《ようがか》、版画家《はんがか》）とも交流《こうりゅう》しました。

牧水《ぼくすい》は体が弱っていて、ドクトル岩崎《いわさき》に時《とき》どきみてもらっていました。牧水《ぼくすい》にとって何よりの薬《くすり》は、酒《さけ》をへらすことです、酒《さけ》を飲《の》まないことです。

でも、愛酒家《あいしゅか》の牧水《ぼくすい》にそんなことはできません。たとえ体にわるくても、酒はやめられないのです。

*甲州《こうしゅう》の蛇笏《だこつ》のところでも、かなり飲《の》みました。

*今の山梨県《やまなしけん》

岩崎《いわさき》の目をぬすんで、「白閃会《はくせんかい》」のほかの連中《れんちゅう》と飲み歩いたりもしています。

みんなでにぎやかに飲むのはたのしいものですが、酒《さけ》はまた——。

白玉《しらたま》の歯《は》にしみとほる秋の夜《よ》の酒《さけ》はしづ《ず》かに飲むべかりけり

——歌集《かしゅう》『路上《ろじょう》』

（白い歯《は》にしみとおる感じの、秋の夜《よる》の酒《さけ》は、ひとりしずかに飲《の》むのがいちばんいい。)

静《しず》かな秋の一夜《いちや》、田村病院《たむらびょういん》の二階の一室《いっしつ》で、独酌《どくしゃく》をたのしんでいるのです。

酒仙牧水《しゅせんぼくすい》は、生涯《しょうがい》に三百首《しゅ》ほど、酒《さけ》の歌を詠《よ》んでいます。

ある随筆《ずいひつ》で、

『酒《さけ》のうまみは単《たん》に味覚《みかく》を与えるだけでなく、直《ただ》ちに心の栄養《えいよう》となってゆく。乾《かわ》いていた心はうるおい、弱っていた心は蘇《よみがえ》り、散《ち》らばっていた心は次第《しだい》に纏《まと》まって来る。私は独《ひと》りして飲《の》むことを愛《あい》する。』

――と、独酌《どくしゃく》のよさと飲酒《いんしゅ》の効用《こうよう》をのべています。

牧水《ぼくすい》は小諸《こもろ》から更《さら》に越後《えちご》*へ向かうつもりだったのですが、十一月のある日――、

*今の新潟《にいがた》県《けん》

「若山《わかやま》さん、おじゃまでしょうが、ご相談《そうだん》があって、きてしまいました。」

「小枝《さえ》さんじゃないか!? どうして、こんなところまで。」

あの小枝子《さえこ》がたずねてきたのでした。

牧水《ぼくすい》は人目《ひとめ》をはばかる来客《らいきゃく》を、駅前《えきまえ》の旅館《りょかん》につれていきました。

「もう、どうにもならないことなんだが……。」

「それはそうなんですが、千葉《ちば》の里親《さとおや》のほうから、あれこれいってきますし……、広島《ひろしま》の園田《そのだ》は、わたしをつれもどしにくるようなんです。」

じつは、小枝子《さえこ》は妊娠《にんしん》をして、今年のはじめに、女児《じょじ》を出産《しゅっさん》したのです。世間《せけん》に知られてはいけない子なので、千葉県《ちばけん》の稲毛《いなげ》あたりの農家《のうか》に、里子《さとご》に出したのでした。

牧水《ぼくすい》が養育費《よういくひ》を送《おく》っているのですが、生活が苦《くる》しくて、それもとどこおりがちなのです。

「雪子《ゆきこ》」と名づけた女の子は、牧水《ぼくすい》の子なのでしょうが、小枝子《さえこ》は同じ下宿《げしゅく》の、従弟《じゅうてい》の庸三《ようぞう》とも、あやしい関係《かんけい》のようなのです。

「送金《そうきん》のことは、なんとかしよう。小枝《さえ》さんが東京《とうきょう》を去《さ》るのはさびしいが、向こうがそうするのなら、わたしには阻《はば》みようがない。とにかく、先に帰っていなさい。」

牧水《ぼくすい》は旅《たび》を切りあげて、東京《とうきょう》にもどることにしました。

帰りついたのは、十一月十七日の朝でした。

牧水《ぼくすい》はしばらく、友人の下宿《げしゅく》を転《てん》てんとしました。下宿代《げしゅくだい》もはらえなかったのです。

明治《めいじ》四十四年（一九一一年）――。

一月十七日に、*麹町区飯田河岸《こうじまちくいいだがし》の日英舎《にちえいしゃ》という印刷所《いんさつじょ》の二階へひっこしました。

*東京《とうきょう》都千代田区飯田橋《とちよだくいいだばし》三・四丁目

「創作《そうさく》」の編集《へんしゅう》を佐藤緑葉《さとうりょくよう》と二人でやることになり、ここを「創作社《そうさくしゃ》」としました。東雲堂《しののめどう》との関係《かんけい》がわるくなり、編集所《へんしゅうじょ》を別にもうけたのです。二月号《ごう》から、東雲堂《しののめどう》は発売所《はつばいじょ》となりました。

四月に前田夕暮《まえだゆうぐれ》が結社誌《けっしゃし》「詩歌《しいか》」（白日社《はくじつしゃ》）を創刊《そうかん》し、牧水《ぼくすい》も作品をよせました。

九月十二日付《づ》けで、牧水《ぼくすい》は第四歌集《かしゅう》『路上《ろじょう》』を出版《しゅっぱん》しました。

博信堂書房発行《はくしんどうしょぼうはっこう》、装幀《そうてい》は山本鼎《やまもとかなえ》、『別離《べつり》』以後《いご》の四百八十三首《しゅ》を収《おさ》めて、定価《ていか》は七十銭《せん》。

五年《いっとせ》にあまるわれらがかたらひ《い》のなかの幾日《いくひ》をよろこびとせむ《ん》

――歌集《かしゅう》『路上《ろじょう》』

（五年をこえるわたしたちの長い関係《かんけい》のなかで、幾日《いくにち》が喜《よろこ》びに足《た》るたのしい日であっただろうか。思えば苦《くる》しい恋《こい》の日びであったことだ。）

明治《めいじ》四十年春から丸《まる》五年、小枝子《さえこ》との恋《こい》は、ついに終わりをつげたのでした。里子《さとご》に出していた子は、四月になくなったそうです。

小枝子《さえこ》は七年後、大正《たいしょう》七年に夫《おっと》と離婚《りこん》し、更《さら》に二年後、大正《たいしょう》九年に従弟《じゅうてい》の赤坂庸三《あかさかようぞう》と結婚《けっこん》し、東京《とうきょう》でくらしたそうです。

牧水《ぼくすい》はついに東雲堂《しののめどう》の売り上げ優先《ゆうせん》の考えに腹《はら》を立て、「創作《そうさく》」を十月号《ごう》でやめてしまいました。

第一期《き》「創作《そうさく》」は、通巻《つうかん》二十号《ごう》で終刊《しゅうかん》となりました。

十一月からは、北原白秋《きたはらはくしゅう》編集《へんしゅう》の新雑誌《しんざっし》「朱欒《ザンボア》」が発行《はっこう》されました。

白秋《はくしゅう》は牧水《ぼくすい》の友人であり、六月に東雲堂《しののめどう》から出版《しゅっぱん》した第二詩集《ししゅう》『思ひ出《い》』が評判《ひょうばん》になっていました。

白秋《はくしゅう》は三木露風《みきろふう》とともに耽美派《たんびは》の詩人《しじん》として、このころから大正《たいしょう》時代にかけて、「白露《はくろ》時代《じだい》」とよばれるような、めざましい活躍《かつやく》をします。

「創作《そうさく》」をやめにした牧水《ぼくすい》は、わずかばかりの収入《しゅうにゅう》もなくなってしまいました。

しかたなく十二月はじめに、「やまと新聞《しんぶん》」に社会部記者《しゃかいぶきしゃ》として入社《にゅうしゃ》しました。

月給《げっきゅう》は前の「中央新聞《ちゅうおうしんぶん》」と同じ、二十五円でした。

しかし、これも二か月足らず、年が明けて一月二十日ごろにやめてしまいます。

牧水《ぼくすい》はこのころ、満《み》たされない心からか、ひどい乱酔《らんすい》がつづいていました。

酔《よ》ったあまり、外濠《そとぼり》にとびこんでおよぎまわったり、電車道《でんしゃみち》に寝《ね》こんで路面《ろめん》電車をとめてしまい、「電留朝臣《でんとめあそん》」のあだ名がついたりしたのでした。

第五章　歌人《かじん》の妻《つま》をえる

喜志子《きしこ》との出会い

明治《めいじ》四十五年（大正《たいしょう》元年、一九一二年）——。

一月二十日ごろ、牧水《ぼくすい》はやまと新聞社《しんぶんしゃ》をやめました。きゅうくつな勤《つと》めによって失《うしな》う時間が、惜《お》しかったのです。

三月十六日朝、牧水《ぼくすい》は上野駅《うえのえき》から汽車《きしゃ》にのり、信州《しんしゅう》へ向かいました。新しく出そうとしている短歌雑誌《たんかざっし》「自然《しぜん》」の、地盤固《じばんがた》めをするためです。

小諸《こもろ》、上田《うえだ》（長野県上田市《ながのけんうえだし》）をすぎ、坂城駅《さかきえき》についたのが午後《ごご》七時過ぎ。友人山崎斌《やまざきあきら》と「信越新聞《しんえつしんぶん》」の記者《きしゃ》二人とが出迎《でむか》えてくれました。*埴科郡南条村《はにしなぐんみなみじょうむら》の山崎方《やまざきかた》に三泊《さんぱく》し、十九日は、大屋《おおや》の山本鼎方《やまもとかなえかた》に泊《と》まりました。

*長野県坂城町南条《ながのけんさかきまちみなみじょう》

まだ春は浅《あさ》く、雪《ゆき》のふる日があります。

上田《うえだ》その他《た》で歌会《かかい》を開き、酒《さけ》を飲《の》みました。信州《しんしゅう》には牧水《ぼくすい》をしたう青年歌人《せいねんかじん》が多いので

した。

二十八日、山崎《やまざき》の生家《せいか》のある麻績村《おみむら》に出かけました。そして、二十九日か三十日、駅前《えきまえ》の料理屋《りょうりや》で夜、歌会《かかい》を開きました。

歌会《かかい》とは名ばかりで、芸者《げいしゃ》まであげての、飲《の》めや歌えのどんちゃん騒《さわ》ぎでした。

そんな座敷《ざしき》の片隅《かたすみ》に、場違《ばちが》いのようにすわっている一人の女性《じょせい》が、牧水《ぼくすい》の目にとまりました。

（あっ、喜志《きし》さんじゃないか⁉）

この席《せき》に太田喜志子《おおたきしこ》がきていようとは、ちょっと意外《いがい》でした。うれしくもありました。

喜志子《きしこ》の顔を見るのは、これが二度目です。

さいしょに見たのは、昨年《さくねん》七月、歌人太田水穂《かじんおおたみずほ》の小石川茗荷谷《こいしかわみょうがだに》の家においてでした。

喜志子《きしこ》は長野県東筑摩郡広丘村《ながのけんひがしちくまぐんひろおかむら》（現在《げんざい》は塩尻市《しおじりし》）の生まれで、文学をこころざすかの女は、同村出身《どうそんしゅっしん》の水穂《みずほ》をたよって上京《じょうきょう》し、女中代《じょちゅうが》わりに住みこんでいたのでした。

牧水《ぼくすい》より三歳年下《さいとししした》で、「女子文壇《じょしぶんだん》」に詩や短歌《たんか》を投稿《とうこう》して、注目《ちゅうもく》されるようになっていました。

喜志子《きしこ》は昨年《さくねん》十二月から郷里《きょうり》に帰っていたのですが、その日はちょうどこちらにきていて、歌の仲間《なかま》にさそわれるまま出席《しゅっせき》したのでした。

その夜、牧水《ぼくすい》は山崎《やまざき》の実家《じっか》に泊《と》まり、喜志子《きしこ》も帰る汽車《きしゃ》がなく、知り合いでもあった当《とう》家《け》に泊《と》めてもらいました。

翌朝《よくあさ》――、

「太田《おおた》さん、ゆっくりしていらっしゃいよ。きょうは酒《さけ》ぬきで、歌の話をしましょうよ。」

牧水《ぼくすい》はひきとめたのですが、

「もっとお話をうかがいたいのですが、家の者も待っておりますので、失礼《しつれい》させていただきます。」

喜志子《きしこ》は篠ノ井線《しののいせん》で帰ってしまいました。

牧水《ぼくすい》は葉書《はがき》を書きました。

『お話ししたいこともあり、帰京《ききょう》の途中《とちゅう》そちらへ寄《よ》りますので、四月二日、*村井駅《むらいえき》までおこしください。』

*長野県松本市《ながのけんまつもとし》にある駅

当日《とうじつ》、予定《よてい》の列車《れっしゃ》にのり、松本《まつもと》（長野県松本市《ながのけんまつもとし》）をすぎ、村井駅《むらいえき》につくと、プラットホームに喜志子《きしこ》がきてくれていました。

ただし、妹《いもうと》桐子《きりこ》（のちの女流歌人《じょりゅうかじん》潮《うしお》みどり）といっしょでした。

「その辺《へん》をすこし歩きましょう。」

牧水《ぼくすい》は姉妹《しまい》をうながして、駅《えき》の裏手《うらて》に出ました。

三人はところどころに雪の残る、早春《そうしゅん》の野道《のみち》を歩きました。

桐子《きりこ》は気をきかして、百メートルほど先を行きます。

「喜志《きし》さん、太田氏《おおたし》とも相談《そうだん》してきました。こんなのんだくれの歌人《かじん》ですが、そろそろ結《けっ》婚《こん》して落ちつこうかと思うんです。喜志《きし》さんにぜひ、わたしのところへきていただきたいのです。」

牧水《ぼくすい》はもともと今度の旅《たび》で、喜志子《きしこ》をたずねて結婚《けっこん》の申《もう》し込《こ》みをしようと思っていたのでした。

喜志子《きしこ》はびっくりしたようで、足をとめ、〝かすりの着物にセルのはかま、鳥打《とりう》ち帽《ぼう》をかぶり、手には手さげ袋《ぶくろ》〟の牧水《ぼくすい》を見つめます。

近くで見ると、浅黒《あさぐろ》い顔には、まだやわらかい傷《きず》あとがあります。二月十一日の夜、泥《でい》酔《すい》してどこかで負傷《ふしょう》したのでした。

ただ、目だけはきれいに澄《す》んでいて、人をひきつけます。

「ありがとうございます。でも、すこし考えさせてください、両親《りょうしん》にも相談《そうだん》しませんと……。」

道はいつしか、桔梗《ききょう》ヶ原《がはら》に入っていました。

「『別離《べつり》』や『路上《ろじょう》』の歌でお気づきかと思いますが、わたしには過去《かこ》に、恋《こい》の失敗《しっぱい》があります。それに、ぐうたらで、貧乏《びんぼう》ですから、苦しい生活になることでしょうが……。」

「いいえ、いいお仕事をなさっていらっしゃいます。これからも、がんばってください。わたし、今、『別離《べつり》』の『吾木香《われもこう》』の歌を、思いうかべています。」

喜志子《きしこ》のいう、その歌は、

吾木香《われもこう》すすきかるかや秋くさのさびしききはみ君《わ》におくらむ《ん》
——歌集《かしゅう》『別離《べつり》』

（吾木香《われもこう》、すすき、かるかや——といった、秋草《あきくさ》の中でももっとも寂《さび》しい花ばかりを集めて、あなたに贈《おく》りましょう。)

——というものです。

草でしかないような、秋の野の花を集めて……。こんな素朴《そぼく》な花束《はなたば》を、喜んでうけとってくれるのは、作者の心の寂《さび》しさを理解《りかい》し、生活の貧《まず》しさを容認《ようにん》してくれる人でしょう。

喜志子《きしこ》がこの歌のことをいったのは、牧水《ぼくすい》の申《もう》し出《で》への承諾《しょうだく》を意味《いみ》するのかもしれません。

牧水《ぼくすい》は好《この》ましい感触《かんしょく》をえて、胸《むね》がはずみました。

野道を五、六キロも歩いたでしょうか、塩尻駅《しおじりえき》にきたときは、もう夕方でした。

三月に出たばかりの『牧水歌話《ぼくすいかわ》』(文華堂書房《ぶんかどうしょぼう》)に「今日《きょう》の記念《きねん》に、四月二日、牧水《ぼくすい》、太《おお》田喜志子様《たきしこさま》」と書きつけて贈《おく》り、駅《えき》で姉妹《しまい》と別れました。

その夜は、上諏訪《かみすわ》の旅館《りょかん》に泊《と》まり、喜志子《きしこ》に手紙を書き、四月三日、東京《とうきょう》にもどりました。

四月八日、*小石川久堅町《こいしかわひさかたまち》の借家《しゃくや》にいる、石川啄木《いしかわたくぼく》の病床《びょうしょう》を見舞《みま》いました。

*今の東京《とうきょう》都《と》文京《ぶんきょう》

区《く》

啄木《たくぼく》は肺結核《はいけっかく》におかされ、骨《ほね》と皮《かわ》ばかりにやせて、ひん死《し》の病人《びょうにん》でした。かつての強い気性《きしょう》がうそのように、すっかり弱っていました。

苦しそうに息《いき》をはいて、

「若山君《わかやまくん》、ぼくはどうしても死にたくない。薬《くすり》さえ飲んだら、死にはしないんだよ。その薬がとうにきれて……。」

と、涙《なみだ》ぐんでうったえます。

「すまない、ぼくも貧乏《びんぼう》だから、あいにくと持ち合わせがない。」

「いや、いいんだよ。きみ、ちょっとたのまれてくれないか。『一握《いちあく》の砂《すな》』からあとの歌を、東雲堂《しののめどう》に売りこんでほしいんだよ。薬代《くすりだい》より、家族《かぞく》の生活のことがあるしなあ。」

「わかった、ひきうけよう。」

牧水《ぼくすい》が啄木《たくぼく》にはじめて会ったのは、一年数《すう》か月前、明治《めいじ》四十三年の十一月でした。昨《さく》四十四年二月三日夜には、本郷弓町《ほんごうゆみちょう》「喜之床《きのとこ》」（現《げん》アライ理髪店《りはつてん》、本郷《ほんごう》二丁目）の二階にたずねていったり、急に親《した》しくなったのでした。

啄木《たくぼく》の処女歌集《しょじょかしゅう》『一握の砂《いちあくのすな》』（明治《めいじ》四十三年十二月、東雲堂書店《しののめどうしょてん》）の歌は、三行書《ぎょうが》きになっていました。それは土岐善麿《ときぜんまろ》のローマ字歌集《かしゅう》『NAKIWARAI《なきわらい》』（明治《めいじ》四十三年四月、ROMAJI-HIROMEKAI《ろーまじひろめかい》）にならったのでした。

この二人も、「啄木《たくぼく》・哀果時代《あいかじだい》」とよばれる活躍《かつやく》をしました。（土岐善麿《ときぜんまろ》は当時《とうじ》、「土岐哀果《ときあいか》」でした。）

啄木《たくぼく》は浪漫主義《ろうまんしゅぎ》から自然主義《しぜんしゅぎ》へ、更《さら》に社会主義へと転《てん》じて、「大逆事件《たいぎゃくじけん》」（明治《めいじ》四十三年。社会主義者・無政府主義者《むせいふしゅぎしゃ》にたいする弾圧事件《だんあつじけん》。明治天皇暗殺計画《めいじてんのうあんさつけいかく》の名目《めいもく》で多数《たすう》が検挙《けんきょ》され、翌年《よくねん》一月、幸徳秋水《こうとくしゅうすい》ら十二名が大逆罪《たいぎゃくざい》で処刑《しょけい》された。）を調《しら》べたりしていました。

死刑囚《しけいしゅう》の一人が獄中《ごくちゅう》で、牧水《ぼくすい》の『別離《べつり》』を読んでいたそうだと、教えてくれたりしました。

啄木《たくぼく》と牧水《ぼくすい》では、社会とのかかわり方、気性《きしょう》も歌柄《うたがら》もちがいます。それでも牧水《ぼくすい》は、啄《たく》木《ぼく》の短歌が気に入っていて、「創作《そうさく》」に短歌や詩や評論《ひょうろん》をよせてもらったのでした。

啄木一家《たくぼくいっか》は貧乏神《びんぼうがみ》と肺結核《はいけっかく》の病魔《びょうま》にとりつかれていました。

三月七日に、母カツが肺結核《はいけっかく》でなくなったばかりでした。啄木《たくぼく》だけでなく、節子夫人《せっこふじん》も胸《むね》を病《や》んでいるのです。

牧水《ぼくすい》は翌朝《よくあさ》早く土岐善麿《ときぜんまろ》をたずねて、啄木《たくぼく》の希望《きぼう》を話し、東雲堂《しののめどう》に交渉《こうしょう》してくれるようたのみました。牧水《ぼくすい》は「創作《そうさく》」の一件《いっけん》があるので、行きづらいのです。

土岐《とき》がさっそく出向いて話をつけてくれて、その日のうちに、稿料《こうりょう》二十円を啄木《たくぼく》にとどけてくれました。

その歌集《かしゅう》『悲《かな》しき玩具《がんぐ》』が土岐《とき》の編集《へんしゅう》によって世に出たのは、啄木《たくぼく》がなくなって二か月後の六月でした。

四月十三日の午前七時ごろ、下宿《げしゅく》――*市外巣鴨村《しがいすがもむら》の畳職人《たたみしょくにん》の二階――で寝《ね》ていた牧水《ぼくすい》は、人力車《じんりきしゃ》の車夫《しゃふ》におこされました。

*東京都豊島区巣鴨《とうきょうととしまくすがも》

啄木《たくぼく》が危篤《きとく》だというのです。

牧水《ぼくすい》はすぐ身じたくをして、かけつけました。

病床《びょうしょう》の啄木《たくぼく》は、目がどんよりとしていました。

それでも、

「この間《あいだ》は、ありがとう。おかげで薬《くすり》も飲ましてもらった。土岐君《ときくん》に歌稿《かこう》ノートをわたしておいたよ。」

と、礼《れい》をいって、にっこりするのでした。

枕《まくら》もとには、節子夫人《せつこふじん》とわかい紳士《しんし》がいました。

紳士《しんし》は啄木《たくぼく》の盛岡《もりおか》中学の先輩《せんぱい》で親友《しんゆう》の、金田一京助《きんだいちきょうすけ》（歌人《かじん》・言語学者《げんごがくしゃ》）でした。

これならだいじょうぶそうだと、勤《つと》めのある金田一《きんだいち》は帰っていきました。

ところが、そのあとすぐ、啄木《たくぼく》の容態《ようだい》が急変《きゅうへん》して、昏睡状態《こんすいじょうたい》におちいりました。

そしてとうとう、午前九時三十分、啄木《たくぼく》は息《いき》をひきとりました。

牧水《ぼくすい》より一つ年下の啄木《たくぼく》は、二十六年の生涯《しょうがい》でした。

臨終《りんじゅう》を見とどけたのは、節子夫人《せつこふじん》、老父一禎《ろうふいってい》、五歳《さい》の長女京子《ちょうじょきょうこ》、それに若山牧水《わかやまぼくすい》でした。

長野《ながの》の実家《じっか》にいる喜志子《きしこ》とは、ひんぱんに手紙のやりとりをしていました。

本人《ほんにん》も、両親《りょうしん》も、牧水《ぼくすい》との結婚《けっこん》を承諾《しょうだく》してくれていました。

ただ、太田《おおた》の家では、式《しき》をあげ披露宴《ひろうえん》もする普通《ふつう》の結婚《けっこん》を望《のぞ》んでいるのに、牧水《ぼくすい》は世間《せけん》には内緒《ないしょ》でいっしょになりたいと考えているのです。

それというのも、牧水《ぼくすい》にお金がないことと、坪谷《つぼや》の両親《りょうしん》が東京《とうきょう》での結婚《けっこん》を反対《はんたい》するだろうからです。

牧水《ぼくすい》から喜志子《きしこ》への手紙は、ひたむきな愛情《あいじょう》の吐露《とろ》と、そういう結婚《けっこん》への熱心《ねっしん》な説得《せっとく》でした。

板《いた》ばさみになって苦しんでいた喜志子《きしこ》も、とうとう覚悟《かくご》を決めて、東京《とうきょう》に出てきてくれることになりました。

両親《りょうしん》にそむいての、家出《いえで》でした。

喜志子《きしこ》は、太田水穂《おおたみずほ》の家を出て下宿《げしゅく》していた、東京市外内藤新宿《とうきょうしがいないとうしんじゅく》二丁目十四番地森本《もりもと》酒店《さけてん》（新宿《しんじゅく》二丁目に現存《げんぞん》）の二階に、五月五日にもどりました。

その十畳《じょう》の部屋《へや》に、牧水《ぼくすい》は十日ごろ移《うつ》りました。

籍《せき》も入れてない、まわりのわずかな人しか知らない、同棲《どうせい》のような結婚《けっこん》でした。

新しい雑誌《ざっし》「自然《しぜん》」の創刊号《そうかんごう》が五月三日に発行《はっこう》されたのですが、いっこうに売れないし、評判《ひょうばん》にもなりません。印刷代《いんさつだい》もはらえない状態《じょうたい》です。

牧水《ぼくすい》が喜志子《きしこ》にささげた「我《わ》が椿《つばき》の少女《おとめ》に」という長詩《ちょうし》や、太田喜志子《おおたきしこ》の短歌《たんか》を収《おさ》めた「自然《しぜん》」が、机上《きじょう》にさびしく置かれています。〝石川啄木追悼号《いしかわたくぼくついとうごう》〟にするはずだった第二号《ごう》は、とうとう出ませんでした。

喜志子《きしこ》は生活費《せいかつひ》をかせぐため、新宿遊廓《しんじゅくゆうかく》の遊女《ゆうじょ》の着物をせっせとぬいました。一枚《まい》ぬうと、一円二、三十銭《せん》になりました。

喜志子《きしこ》の太田家《おおたけ》は、祖父《そふ》の代《だい》まで庄屋《しょうや》をつとめた旧家《きゅうか》ですが、家運《かうん》がかたむいていて、女学校《じょがっこう》にはあげてもらえず、高等小学校の補習科《ほしゅうか》を卒業後、母校《ぼこう》・広丘《ひろおか》小学校の裁縫《さいほう》教《きょう》師《し》をつとめていたのでした。

こうして喜志子《きしこ》の、歌人《かじん》の妻《つま》としての生活が始まりました。

十六年後に、夫《おっと》・牧水《ぼくすい》がなくなったとき、「形《かたち》にそふ影《かげ》とし念《ねん》じうつそ身《み》を我《われ》はや君にささげ来《き》にしを」（歌意《かい》――形にそう影《かげ》だと心に決めて、私はその人生をあなたにささげて生きてきたのでした。）と詠《よ》んだように、けなげで忍耐強《にんたいづよ》い、内助《ないじょ》の功《こう》にてっしたものとなります。

小枝子《さえこ》は官能的《かんのうてき》なはなやかさで牧水《ぼくすい》をひきつけましたが、文学などに関心《かんしん》はなく、家庭《かてい》には向かない女性でした。

その点喜志子《きしこ》は、自《みずか》らも歌人として精進《しょうじん》し、牧水《ぼくすい》の寂《さび》しさのはしをつかんでいた、しっかり者でした。

長男《ちょうなん》としての苦悩《くのう》

貧《まず》しい新婚《しんこん》の住まいに、七月二十日、郷里《きょうり》坪谷《つぼや》から、『チチキトクスグカエレ』の電報《でんぽう》がとどきました。

牧水《ぼくすい》は困《こま》りました。帰ろうにも、汽車賃《きしゃちん》がないのです。心あたりには雑誌《ざっし》「自然《しぜん》」のために無理《むり》をいったばかりで、これ以上《いじょう》はたのめません。

啄木《たくぼく》がそうしたように、次《つぎ》の歌集《かしゅう》の原稿《げんこう》を買ってもらうしかありません。

ちょうど次の歌集《かしゅう》を東雲堂《しののめどう》から出そうと考えていて、店主西村陽吉《てんしゅにしむらようきち》の諒解《りょうかい》をえてありました。

牧水《ぼくすい》は急《いそ》いで『死《し》か芸術《げいじゅつ》か』の原稿《げんこう》をまとめ、東雲堂《しののめどう》へ持参《じさん》して、すこしばかりお金をもらいました。

二十二日夕方、新橋駅《しんばしえき》をたちました。神戸《こうべ》から船で細島《ほそしま》へ。

坪谷《つぼや》の家についたのは、二十五日でした。

屋敷《やしき》の入り口の、数段《すうだん》のくずれた石段《いしだん》をのぼりながら、牧水《ぼくすい》は〝敷居《しきい》が高い〟思いでした。

早稲田《わせだ》を卒業して帰省《きせい》して以来《いらい》四年ぶり、しかも、ここ一、二年はろくに手紙も書かなかったのです。

去年《きょねん》の三月には、『ハハキトクスグカエレ』の電報《でんぽう》をうけとりながら、旅費《りょひ》が工面《くめん》できなくて、帰れなかったのでした。幸《さいわ》い母マキはまた元気になったのでしたが……。

父立蔵《りゅうぞう》の病気は中風《ちゅうぶう》（脳出血後《のうしゅっけつご》におこる、からだのまひ）でしたが、なんとか落ちついているようでした。

それよりも、親不孝《おやふこう》をつづけている総領《そうりょう》むすこ繁《しげる》（牧水《ぼくすい》）は、両親《りょうしん》をはじめ、姉《あね》たち、親戚《しんせき》の者たちにとりかこまれました。

「よう帰ってくれたといいたいところだが、おまえは親《おや》をほったらかしにして、こっそり嫁《よめ》までもろうたりして、どういう料簡《りょうけん》なんじゃ。」

まずは老母《ろうぼ》になじられました。

「あんたは長男《ちょうなん》なんだから、親の近くにいて、それらしくしてくれなくちゃ。歌人《かじん》とかいったって、東京《とうきょう》で好《す》き勝手《かって》をしているだけじゃないですか。」

長姉《ちょうし》スヱ《すえ》も弟に腹を立てているのです。

その夫《おっと》・河野佐太郎《こうのさたろう》も、

「東京遊学中《とうきょうゆうがくちゅう》は、できるだけの援助《えんじょ》をしてあげたつもりだ。恩《おん》にきせるわけではないが、こちらで就職《しゅうしょく》をして、ご両親《りょうしん》の面倒《めんどう》を見てくれなくちゃ、わしたちの苦労《くろう》も報《むく》われないよ、繁君《しげるくん》。」

と、不満《ふまん》をぶちまけます。

老父《ろうふ》立蔵《りゅうぞう》も、不自由《ふじゆう》な体をおこして、

「小学校の訓導《くんどう》（現在《げんざい》は教諭《きょうゆ》）はどうだ。役場《やくば》につとめてくれてもいい。坪谷《つぼや》がいやなら、延岡《のべおか》か宮崎《みやざき》あたりでもいい。とにかくこちらへもどってくれまいか。」

と、哀願《あいがん》します。

そういわれても、こんないなかに、九州《きゅうしゅう》になぞ、ひきこもるわけにはいかないのです。牧水《ぼくすい》にとって、文学をやる場《ば》は、東京《とうきょう》しか考えられないのです。たとえ生活は苦しくても、親に泣《な》かれようとも、東京《とうきょう》をはなれるわけにはいかないのです。

同じいなかでも、飯田蛇笏《いいだだこつ》の山梨《やまなし》くらいなら、すこしは心がゆれたかもしれませんが……。

牧水《ぼくすい》はただ恐縮《きょうしゅく》して、責《せ》められているだけでした。

気まずい思いをしながら、たいていは、二階の北向きの部屋にとじこもっていました。

七月三十日に、明治天皇《めいじてんのう》が崩御《ほうぎょ》（天皇《てんのう》・皇后《こうごう》などがなくなること）して、大正《たいしょう》の御代《みよ》となりました。

牧水《ぼくすい》は就職口《しゅうしょくぐち》をさがして？　美々津《みみつ》や宮崎《みやざき》へ出かけていきました。もちろん本気でさがしているわけではなく、旧友《きゅうゆう》たちと会うのが目的でした。

八月がすぎ、九月がすぎ……すぐに東京《とうきょう》へ出ようとしないのが、せめてもの誠意《せいい》でした。

十月に入って、東雲堂《しののめどう》から出版《しゅっぱん》された、第五歌集《かしゅう》『死《し》か芸術《げいじゅつ》か』が送られてきました。発行《はっこう》は大正《たいしょう》元年九月二十三日付《づ》けで、『路上《ろじょう》』以後《いご》一年間の作三百八十六首《しゅ》が収《おさ》められています。

読点《とうてん》（、のこと）をもちいたり、新しいリズムの試《こころ》みが見られる歌集《かしゅう》でした。

父の病気はしだいによくなってきています。

牧水《ぼくすい》はときどき散歩《さんぽ》に出かけます。

家の裏《うら》にある小山《こやま》をのぼり、その峠《とうげ》である「和田《わだ》の越《こし》」に立ちます。

尋常《じんじょう》小学校のころ、よく道ばたで本を読んだところです。三年前の暴風雨《ぼうふうう》のとき、すこし上からころげ落ちてきたとかで、道ばたに巨岩《きょがん》が横《よこ》たわっています。

その岩《いわ》にのぼると、*尾鈴山《おすずやま》がよく見えて、なかなかいい気分です。久しぶりに歌が生まれました。　*宮崎県《みやざきけん》にある山

ふるさとの尾鈴《おすず》の山のかなしさよ秋もかすみのたなびきて居《お》り　――歌集《かしゅう》『みなかみ』

（ふるさとの尾鈴《おすず》の山のしたわしいことよ。秋でもかすみが、のどかにたなびいているこ とだ。）

前に妻喜志子《つまきしこ》から葉書《はがき》がきて、信州《しんしゅう》の実家《じっか》に帰っているということでしたが、十月末《すえ》には、妊娠《にんしん》していることがわかったので籍《せき》を入れてほしい、と手紙でいってきました。

牧水《ぼくすい》の両親《りょうしん》も、こうなってはいたしかたなく、入籍《にゅうせき》をゆるしてくれました。

父はすっかり元気になって、二階《かい》へのはしご段《だん》をひとりで上がってきたりしていました。繁《しげる》が上京《じょうきょう》するなら、わしもついていくなどといっていました。

ところが、十一月十四日の朝、また脳溢血《のういっけつ》でたおれました。今度は重症《じゅうしょう》で意識《いしき》もなく、午前十時四十分に息《いき》をひきとりました。

享年《きょうねん》六十七歳《さい》でした。

葬式《そうしき》に集まった親族《しんぞく》から牧水《ぼくすい》は、郷里《きょうり》にとどまって母親の面倒《めんどう》を見るよう、いっそうきびしくせまられました。

それでもやはり、

「それはじゅうじゅう、ごもっともではありますが……、このまま村にとどまったのでは、わたしがこれまで勉強してきたことがすっかり、水の泡《あわ》になってしまいます。なにとぞ、わがままをおゆるしください。」

と、牧水《ぼくすい》は上京《じょうきょう》をゆるしてくれるよう、ひたすらたのむのでした。

やがて年が暮《く》れ、大正《たいしょう》二年（一九一三年）の正月をむかえました。

二日に、大牟田《おおむた》（福岡県《ふくおかけん》）の「暖潮《だんちょう》」という短歌《たんか》会から、手紙がとどきました。五日に開く新年大会《しんねんたいかい》にぜひ出席してほしいという、依頼状《いらいじょう》でした。

牧水《ぼくすい》は母マキのゆるしをえて、二日の夕方、坪谷《つぼや》を出発《しゅっぱつ》しました。

大牟田《おおむた》には二十日あまり滞在《たいざい》し、「暖潮《だんちょう》」の会に出席しただけでなく、従兄《じゅうけい》若山《わかやま》峻一《しゅんいち》（冰花《ひょうか》）に会ったり、島原《しまばら》（長崎県《ながさきけん》）へ出かけて、早稲田《わせだ》時代に同宿《どうしゅく》していた直井《なおい》敬三《けいぞう》をたずねたりしました。

鹿児島《かごしま》をまわって、二月三日に坪谷《つぼや》に帰りました。

二月の下旬《げじゅん》——、母も、むすこの苦悩《くのう》を見かねたようで、とうとうゆるしてくれました。

「そんなに東京《とうきょう》へ行きたいのなら、しかたがない、東京《とうきょう》でしっかり文学のことをやっておいで。そのかわり、月づき十円、送っておくれ。産婆《さんば》の仕事だけではくらしていけん。わたしの具合《ぐあい》がわるくなったときは、すぐに帰ってきておくれ。」

「はい、ありがとうございます。そのようにさせていただきます。」

これといった収入《しゅうにゅう》のない牧水《ぼくすい》に、そんな仕送《しおく》りができるかどうかわかりませんが、とりあえずは約束《やくそく》をして、東京《とうきょう》へ出してもらうしかありませんでした。

母のゆるしをもらった牧水《ぼくすい》ですが、もうしばらく故郷《こきょう》にとどまりました。

妻喜志子《つまきしこ》の入籍《にゅうせき》は四月九日にようやくすませました。そして二十四日に、信州《しんしゅう》で長男《ちょうなん》が生まれ、「旅人《たびと》」と名づけました。ただ、役場《やくば》への届《とどけ》がおくれて、旅人《たびと》の誕生日《たんじょうび》は五月八日ということになります。

牧水《ぼくすい》が老母《ろうぼ》と体の不自由《ふじゆう》な姉・シヅを残して、坪谷《つぼや》の若山家《わかやまけ》をたったのは、五月十四日でした。

十五日に細島《ほそしま》から船にのり、四国《しこく》の今治《いまばり》（愛媛県《えひめけん》）へ行き、十八日、岩城島《いわぎじま》へ向かいました。

岩城島《いわぎじま》（愛媛県《えひめけん》）は瀬戸内海《せとないかい》の小さな島です。ここには島の郵便局長《ゆうびんきょくちょう》をしている、牧水門下《ぼくすいもんか》の歌人・三浦敏夫《みうらとしお》がいて、ぜひお立《た》ち寄《よ》りくださいと、手紙をくれたのでした。

「先生、三浦《みうら》です。ようこそおこしくださいました。どうぞ、ゆっくりしていってください。」

三浦《みうら》が案内《あんない》してくれたのは、船《ふな》だまりに面《めん》した、別荘《べっそう》の離《はな》れでした。

牧水《ぼくすい》はここで、第六歌集《かしゅう》『みなかみ』の原稿整理《げんこうせいり》にとりかかりました。

東京《とうきょう》にもどって、信州《しんしゅう》から妻子《さいし》をよびよせるには、家をかりなければなりません。歌《か》集《しゅう》を編《あ》んで出版社《しゅっぱんしゃ》に持ちこむことしか、収入《しゅうにゅう》の手立《てだ》てがないのです。

帰郷中《ききょうちゅう》の十か月間に作った歌を、ノートから一首《しゅ》一首清書《しゅせいしょ》していきます。

苦境《くきょう》の中で自己《じこ》の内部《ないぶ》を見つめるようになって、歌はかえって自由にのびのびとしてきていました。

定型《ていけい》を破《やぶ》った、口語的発想《こうごてきはっそう》の――「破調《はちょう》」の歌が多くなっているのです。

まわりから責《せ》められて、深刻《しんこく》になやんでいたころ……

納戸《なんど》の隅《すみ》に折《おり》から一挺《いっちょう》の大鎌《おおがま》あり、汝《なんじ》が意志《いし》をまぐるなといふが如《ごと》くに

——歌集《かしゅう》『みなかみ』

（納戸《なんど》の隅《すみ》にちょうど一挺《いっちょう》の大鎌《おおがま》がある、おまえの意志《いし》をまげるなというように。）

母から上京《じょうきょう》のゆるしをえて、心が明るくなっていたころ……

われも木を伐《き》る、ひろきふもとの雑木原春日《ぞうきはらはるび》つめたや、われも木を伐《き》る

——歌集《かしゅう》『みなかみ』

（わたしも木を伐《き》る。山のふもとの広い雑木原《ぞうきはら》は春の日ざしがつめたいことだ。村人たちとともに、わたしも木を伐《き》る。）

三浦《みうら》が清書《せいしょ》を手伝ってくれて、原稿《げんこう》はまもなくできあがりました。

五日間滞在《たいざい》して、

「三浦君《みうらくん》、いろいろとありがとう。そのうちに『創作《そうさく》』を復刊《ふっかん》するつもりだから、今後もついてきてくれたまえ。」

二十二日、岩城島《いわぎじま》をはなれました。

船で尾道《おのみち》（広島県《ひろしまけん》）へ出て、明石《あかし》（兵庫県《ひょうごけん》）、神戸《こうべ》三宮《さんのみや》、大阪《おおさか》、京都《きょうと》、浜松《はままつ》（静岡県《しずおかけん》）などに寄《よ》り道《みち》をしたあと、東京《とうきょう》へもどりました。

結社誌《けっしゃし》「創作《そうさく》」

牧水《ぼくすい》が東京《とうきょう》についたのは、六月十八日朝でした。

交渉《こうしょう》の結果《けっか》、籾山書店《もみやましょてん》というところが、歌集《かしゅう》『みなかみ』の出版《しゅっぱん》と、復刊《ふっかん》する「創作《そうさく》」の発売所《はつばいじょ》をひきうけてくれることになりました。

六月二十九日に小石川区大塚窪町《*こいしかわくおおつかくぼまち》に一戸《いっこ》をかりて、すぐに信州《しんしゅう》から妻子《さいし》をよびよせました。

＊東京都文京区大塚《とうきょうとぶんきょうくおおつか》

ほぼ一年ぶりに会う妻喜志子《つまきしこ》は、まだ三か月にもならない長男旅人《ちょうなんたびと》を大事そうに抱《だ》いていました。

貧《まず》しい生活ながら、牧水《ぼくすい》は家庭《かてい》のあたたかさを感じるようになります。

八月に「創作《そうさく》」の復刊号《ふっかんごう》が出ました。

毎月順調《じゅんちょう》に発行はしましたが、雑誌《ざっし》の経営《けいえい》は苦しく、借金《しゃっきん》がふえていきます。

九月十日付《づ》けで、第六歌集《かしゅう》『みなかみ』（籾山書店《もみやましょてん》）が出版《しゅっぱん》されました。

父の写真をのせ、亡《な》き父にささげる歌集《かしゅう》となっています。

その口語的発想《こうごてきはっそう》と、新しい破調《はちょう》の傾向《けいこう》は、のちの「自由律短歌《じゆうりつたんか》」の先駆《さきが》けともいえるものので、ほめる人、けなす人――是非《ぜひ》の議論《ぎろん》をよびおこしたのでした。

この大正《たいしょう》二年には、耽美派北原白秋《たんびはきたはらはくしゅう》の処女歌集《しょじょかしゅう》『桐《きり》の花』（一月、東雲堂書店《しののめどうしょてん》）と、アララギ派斎藤茂吉《はさいとうもきち》の処女歌集《しょじょかしゅう》『赤光《しゃっこう》』（十月、東雲堂書店《しののめどうしょてん》）が出版《しゅっぱん》されて、ともに高い評価《ひょうか》をえることになります。

大正《たいしょう》時代の歌壇《かだん》は、島木赤彦《しまきあかひこ》・斎藤茂吉《さいとうもきち》らの「アララギ」の歌風《かふう》が主流《しゅりゅう》を占《し》めたのでした。

それにもかかわらず、歌人牧水《かじんぼくすい》の人気が高かったのは、かれの歌がわかりやすく、親しみやすいということで、歌壇《かだん》の枠《わく》をこえて、広く国民に愛《あい》されたからです。

大正《たいしょう》三年（一九一四年）――。

三月末《すえ》に、創作誌友大会《そうさくしゆうたいかい》を開きました。

二十八日から三十一日にかけて、茶話会《さわかい》・観劇《かんげき》・講演会《こうえんかい》・音楽会・懇親会《こんしんかい》・都内見物《とないけんぶつ》など……。

全国から、牧水《ぼくすい》をしたう短歌作者《たんかさくしゃ》たちが集まってきて、たいへんな熱気《ねっき》でした。

四月一日に、尾上柴舟《おのえさいしゅう》先生が、歌誌《かし》「水甕《みずがめ》」を創刊《そうかん》しました。

創刊号《そうかんごう》を見ると、柴舟《さいしゅう》先生は牧水《ぼくすい》とはちがって、雑誌発行《ざっしはっこう》を門下《もんか》にまかせっきりのようです。

若手《わかて》の同人《どうじん》が書いたらしい匿名《とくめい》の「歌壇時評《かだんじひょう》」に、「創作《そうさく》」三月号《ごう》を読んだ感想として、

「期待《きたい》してゐ《い》た若山牧水氏《わかやまぼくすいし》にこれはと思ふ《う》ものが唯《ただ》の一首《しゅ》もなかつた。それはたゞ何となき『周囲《しゅうい》』を描《えが》いたものだからであら《ろ》う。酒の歌がまた一首あつた。酒の歌ももうよみつくされたや《よ》うに思は《わ》れる。」

などと、ほざいてありました。

批評《ひひょう》をするのは自由ですが、

(何をいうか、生意気《なまいき》な!)

牧水《ぼくすい》はすこししゃくにさわりました。

四月十三日付けで、第七歌集《かしゅう》『秋風の歌《あきかぜ》』(新声社《しんせいしゃ》)が出版《しゅっぱん》されました。

破調《はちょう》は一時的なもので、すっかり定型《ていけい》にもどっていました。

そして、赤《あか》ん坊《ぼう》の、わが子旅人《たびと》を詠《よ》んだ歌がまじっています。

ようやく復刊《ふっかん》できた「創作《そうさく》」でしたが、雑誌《ざっし》は思うように売れず、急《きゅう》きょ「結社《けっしゃ》」方式《ほうしき》に改《あらた》めたのも手遅《てお》れで、第二次《じ》「創作《そうさく》」は十月号《ごう》までで休刊《きゅうかん》となりました。

十一月末には、妻喜志子《つまきしこ》が健康《けんこう》をそこね、寝込《ねこ》んでしまいました。

牧水《ぼくすい》は、子守《こもり》、看病《かんびょう》、家事《かじ》を、ひとりでやるしかありませんでした。生活費《せいかつひ》も満足《まんぞく》になく、心は暗く、体もくたくたになりました。

喜志子《きしこ》はなかなかよくならず、そのまま年が暮《く》れました。

大正《たいしょう》四年(一九一五年)の新年早《しんねんそう》そう、喜志子《きしこ》は*小石川区雑司ヶ谷《こいしかわくぞうしがや》の永楽病院《えいらくびょういん》に入院《にゅういん》

しました。＊東京都《とうきょうと》豊島区《としまく》雑司《ぞうし》が谷《や》

病気は腸結核《ちょうけっかく》だそうです。

一月三十日にいちおう退院《たいいん》しましたが、治《なお》ったわけではなく、転地療養《てんちりょうよう》の必要《ひつよう》がありました。

三月十九日に、東京《とうきょう》・霊岸島《れいがんじま》から船で五時間の、神奈川県三浦郡北下浦村長沢《かながわけんみうらぐんきたしたうらむらながさわ》（現在《げんざい》、横須賀市北下浦《よこすかしきたしたうら》）へ移りました。

お金のない牧水《ぼくすい》は、歌人《かじん》仲間十数人に色紙《しきし》や短冊《たんざく》を書いてもらい、展示即売会《てんじそくばいかい》を開き、その売上げ金をカンパしてもらったのでした。はじめは農家斎藤方《のうかさいとうかた》の十畳《じょう》と六畳《じょう》をかりて、家族《かぞく》三人が住みました。

二歳《さい》の旅人《たびと》は元気に走りまわり、喜志子《きしこ》もしだいによくなっていくようでした。牧水《ぼくすい》はすこし疲《つか》れ気味《ぎみ》で、ぼんやりしていました。

長沢《ながさわ》は海上《かいじょう》はるかに房州《ぼうしゅう》（千葉県《ちばけん》）の鋸山《のこぎりやま》を望《のぞ》む、三浦半島《みうらはんとう》（神奈川県《かながわけん》）の漁村《ぎょそん》でした。

近所《きんじょ》の漁師《りょうし》たちとも顔なじみになります。

七月に、太田水穂《おおたみずほ》が歌誌《かし》「潮音《ちょうおん》」を創刊《そうかん》しました。水穂《みずほ》は牧水《ぼくすい》の「創作《そうさく》」を応援《おうえん》してくれていたので、牧水《ぼくすい》は休刊中《きゅうかんちゅう》の「創作《そうさく》」の社友《しゃゆう》たちとともに、この「潮音《ちょうおん》」に加《くわ》わりました。

「潮音《ちょうおん》」は反《はん》アララギの立場《たちば》をとり、日本的な象徴《しょうちょう》歌《か》をめざす歌誌《かし》となります。

七月中旬《ちゅうじゅん》から八月中旬《ちゅうじゅん》まで、門下《もんか》の歌人《かじん》をたずねて、栃木《とちぎ》・信州《しんしゅう》へ旅《たび》をしました。

十月十五日付《づ》けで、第八歌集《かしゅう》『砂丘《さきゅう》』（博信堂書房《はくしんどうしょぼう》）が出版《しゅっぱん》されました。

昼深《ひるふか》み庭《にわ》は光りつ吾子《あこ》ひとり真裸体《まはだか》にして鶏追《とりお》ひ遊《あそ》ぶ

——歌集《かしゅう》『砂丘《さきゅう》』

（真昼《まひる》なので、庭《にわ》はまぶしく光っている。まっぱだかのわが子がひとり、鶏《にわとり》を追《お》いかけて遊《あそ》んでいる。）

十一月二十七日（戸籍上《こせきじょう》は十二月十日）に、長女・みさき（岬子《みさきこ》）が生まれました。牧《ぼく》水《すい》は三十歳《さい》になっていました。

十二月には、喜志子《きしこ》の処女歌集《しょじょかしゅう》『無花果《いちじく》』（潮音社《ちょうおんしゃ》）が出版《しゅっぱん》されました。

大正《たいしょう》五年（一九一六年）――。

喜志子《きしこ》は産後《さんご》で充分《じゅうぶん》に動けませんが、信州《しんしゅう》から妹《いもうと》の桐子《きりこ》が家事手伝《かじてつだ》いにきてくれていました。

桐子《きりこ》はこのころから歌を作りはじめ、「潮《うしお》みどり」として第三次《じ》「創作《そうさく》」で活躍《かつやく》し、牧水《ぼくすい》門下《もんか》の歌人《かじん》・長谷川銀作《はせがわぎんさく》の夫人《ふじん》となります。

牧水《ぼくすい》は二月二十六日に上京《じょうきょう》し、東京《とうきょう》に二週間あまり滞在《たいざい》したあと、三月十四日、東北旅行《とうほくりょこう》に出発《しゅっぱつ》しました。

各地《かくち》で門人《もんじん》たちの歓迎《かんげい》をうけながら、仙台《せんだい》・盛岡《もりおか》・青森《あおもり》・秋田《あきた》・飯坂《いいざか》（福島県《ふくしまけん》）・福島《ふくしま》――をまわって、五月一日に三浦半島《みうらはんとう》の家族《かぞく》のもとに帰ってきました。

「いや、長らく留守《るす》にして申《もう》し訳《わけ》ない。桐子《きりこ》さんにはすっかりお世話になった。もう半年にもなる。そろそろ帰っていただかなくては……。喜志子《きしこ》もいっしょに行っておいで。こちらはなんとかなるから。」

牧水《ぼくすい》は信州《しんしゅう》の義父母《ぎふぼ》に孫《まご》たちを見せる意味でも、妻《つま》の里帰《さとがえ》りをすすめました。

妻子《さいし》の留守《るす》中《ちゅう》、寄寓先《きぐうさき》の都合《つごう》で、他《た》の家にひっこしました。六月六、七日ごろでした。

その直後《ちょくご》に、喜志子《きしこ》と子どもたちが帰ってきました。

今度はみかん畑《ばたけ》の中の半農半漁《はんのうはんぎょ》の家で、奥座敷《おくざしき》の八畳《じょう》が家族《かぞく》の部屋、牧水《ぼくすい》の書斎《しょさい》は物置《ものおき》小屋《ごや》の二階でした。

六月二十二日付《づ》けで、第九歌集《かしゅう》『朝の歌』（天弦堂書房《てんげんどうしょぼう》）が出版《しゅっぱん》されました。

十二月二十八日、約《やく》二年間をすごした三浦半島長沢海岸《みうらはんとうながさわかいがん》から、東京《とうきょう》へもどりました。

*小石川区金富町《こいしかわくかなとみちょう》の借家《しゃくや》に落ちつき、また精力的《せいりょくてき》に文学活動を始めます。

*東京都文京区春日《とうきょうとぶんきょうくかすが》

大正《たいしょう》六年（一九一七年）――。

二月に、「創作《そうさく》」を復刊《ふっかん》しました。

結社方式《けっしゃほうしき》による、第三次《じ》「創作《そうさく》」です。

前年の七月から準備《じゅんび》にかかっていたのですが、太田水穂《おおたみずほ》の「潮音《ちょうおん》」から門人《もんじん》たちをよびもどすことになるので、すんなりとはいかず、すったもんだがありました。

今度の「創作《そうさく》」は、雑誌《ざっし》の売り上げにたよるのではなく、「創作社《そうさくしゃ》」の同人《どうじん》、社友《しゃゆう》から社《しゃ》費《ひ》を徴収《ちょうしゅう》するのですが、それでも経営《けいえい》は苦しく、休刊《きゅうかん》、減《げん》ページ、遅刊《ちかん》などもありました。

当初順調《とうしょじゅんちょう》に発行できていた、四月十八日、郷里坪谷《きょうりつぼや》から、母マキが上京《じょうきょう》してきました。

「お母さん、よくきてくださいました。お達者《たっしゃ》そうでなによりです。ごぶさたをいたしました。」

東京駅《とうきょうえき》に、七十歳《さい》の老母《ろうぼ》を出迎《でむか》えた牧水《ぼくすい》は、申《もう》し訳《わけ》ない気持ちがいっぱいで、胸《むね》がつまりました。

父の死後《しご》、四、五年にもなるのに、一度も帰郷《ききょう》していないのです。

母マキは、牧水《ぼくすい》の姪《めい》・はるにつれられて、はるかな旅《たび》をしてきたのです。

小石川区金富町《こいしかわくかなとみちょう》の住まいへ案内《あんない》し、妻子《さいし》をひきあわせました。

「お初《はつ》にお目にかかります。喜志子《きしこ》でございます。ふつつか者ですが、よろしくお願いいたします。」

「これはこれは、よい嫁御《よめご》じゃ。気ままな旦那《だんな》で、苦労《くろう》が多いじゃろうに。よろしくたのみますよ。」

母マキは一か月ほど滞在《たいざい》しましたが、むすこ牧水《ぼくすい》にぐちをもらすでもなく、四歳《さい》と一歳《さい》半《はん》の孫《まご》をかわいがり、貧《まず》しい一家のもてなしを喜んでくれました。

東京《とうきょう》にとどまるようすすめても、

「年寄りには、住みなれたいなかがいちばんじゃ。シヅやきぬさんも待っているし、あの人の墓《はか》もあることじゃし……。」

と、帰っていきました。

坪谷《つぼや》の若山家《わかやまけ》には、体の不自由な姉《あね》シヅのほかに、牧水《ぼくすい》の姪《めい》のきぬが、いっしょに住んでくれているのです。

五月九日に、牧水《ぼくすい》一家は市外巣鴨町《しがいすがもまち》へひっこしました。*天神山《てんじんやま》とよばれる丘《おか》の中腹《ちゅうふく》にある家で、下の谷間《たにま》を山手線《やまのてせん》がとおっていました。

*豊島区北大塚《としまくきたおおつか》の菅原神社《すがわらじんじゃ》の一帯

八月五日付《づ》けで、妻喜志子《つまきしこ》との合著《がっちょ》である、第十歌集《かしゅう》『白梅集《はくばいしゅう》』（抒情詩社《じょじょうししゃ》）が出版《しゅっぱん》されました。

どちらも三浦半島《みうらはんとう》時代の作ですが、牧水《ぼくすい》は大正《たいしょう》五年七月八日から年末《ねんまつ》の一家上京《じょうきょう》まで、東京《とうきょう》でひとり下宿《げしゅく》生活をしていたので、大部分は東京《とうきょう》で詠《よ》んだ歌です。

君見ずて月は重《かさ》ねつ山桜《やまざくら》咲《さ》き水田《みずた》打《う》つみれば泣《な》かまほしけれ　若山喜志子《わかやまきしこ》

（あなたのお顔を見ることなく、何か月もたちました。山桜《やまざくら》が咲《さ》き、水田《すいでん》をたがやすのを見ると、泣《な》きたくなることです。）

合著《がっちょ》の『白梅集《はくばいしゅう》』は、喜志子《きしこ》にとっては第二歌集《かしゅう》で、これによって、喜志子《きしこ》も歌壇《かだん》から認《みと》められることになります。

『白梅集《はくばいしゅう》』が出た八月――、牧水《ぼくすい》は秋田《あきた》・新庄《しんじょう》（山形県《やまがたけん》）・酒田《さかた》・新潟《にいがた》・長野《ながの》・松本《まつもと》――と旅行中《りょこうちゅう》で、十三日にははじめて、*広丘村吉田《ひろおかむらよしだ》の喜志子《きしこ》の実家《じっか》をたずねたのでした。

*塩尻《しおじり》市《し》広丘吉田《ひろおかよしだ》

大正《たいしょう》七年（一九一八年）――。

四月二十二日、次女《じじょ》・真木子《まきこ》が生まれました。

五月五日付《づ》けで第十二歌集《かしゅう》『渓谷集《けいこくしゅう》』（東雲堂書店《しののめどうしょてん》）が、七月二十三日付《づ》けで第十一歌《か》集《しゅう》『さびしき樹木《じゅもく》』（南光書院《なんこうしょいん》）が、それぞれ出版《しゅっぱん》されました。

順序《じゅんじょ》が逆《ぎゃく》になったのは、南光書院《なんこうしょいん》の作業《さぎょう》が大幅《おおはば》におくれたからでした。

童謡詩人若山牧水《どうようしじんわかやまぼくすい》

大正《たいしょう》時代は、大正《たいしょう》デモクラシー（大正期《たいしょうき》の民主主義的風潮《みんしゅしゅぎてきふうちょう》）とよばれる、国民の意識《いしき》の高揚《こうよう》した時期《じき》でした。市民生活にも、欧風文化《おうふうぶんか》のはなやかさが見られました。

夏目漱石門下《なつめそうせきもんか》の作家・鈴木三重吉《すずきみえきち》は、大正七年七月に、童話童謡雑誌《どうわどうようざっし》「赤い鳥」を創刊《そうかん》しました。

三重吉《みえきち》は大正《たいしょう》五年に長女《ちょうじょ》・すずが生まれたのですが、わが子に読んでやろうとしても、古くさいお伽噺《とぎばなし》しかありません。うたわせる歌にしても、おもしろみのない唱歌《しょうか》ばかりです。

わが子だけでなく、世の子どもたちに、おもしろい童話《どうわ》、すぐれた童謡《どうよう》をプレゼントしようと、有力《ゆうりょく》な作家、詩人、作曲家《さっきょくか》たちに、作品作りをたのんだのでした。

三重吉自身《みえきちじしん》も、どんどん童話《どうわ》を書きました。芥川龍之介《あくたがわりゅうのすけ》の「蜘蛛《くも》の糸《いと》」「杜子春《とししゅん》」、有島武郎《ありしまたけお》の「一房《ひとふさ》の葡萄《ぶどう》」、新美南吉《にいみなんきち》（昭和期《しょうわき》）の「ごん狐《ぎつね》」などの名作童話《めいさくどうわ》が、「赤い鳥」から生まれました。

「赤い鳥」の童謡《どうよう》は、北原白秋《きたはらはくしゅう》が中心となりました。「栗鼠《りす》、栗鼠《りす》、小栗鼠《こりす》」「雨」「お祭《まつり》」「赤い鳥小鳥」「あわて床屋《とこや》」「ちんちん千鳥《ちどり》」「からたちの花」「酸模《すかんぽ》の咲《さ》く頃《ころ》」「この道」などを同誌《どうし》に発表《はっぴょう》。

西条八十《さいじょうやそ》も、「かなりや」「怪我《けが》」「お山の大将《たいしょう》」などを「赤い鳥」に発表《はっぴょう》しましたが、主《しゅ》として、大正《たいしょう》九年四月創刊《そうかん》の「童話《どうわ》」を舞台《ぶたい》に活躍《かつやく》します。

「村の英雄《えいゆう》」「霙《みぞれ》ふる夜」などを同誌《どうし》に発表《はっぴょう》。

野口雨情《のぐちうじょう》は主《しゅ》として、大正《たいしょう》八年十一月創刊《そうかん》の「金《きん》の船《ふね》」（大正《たいしょう》十一年六月に「金《きん》の星《ほし》」と改題《かいだい》）で活躍《かつやく》します。

「しゃぼん玉《だま》」「四丁目《ちょうめ》の犬」「蜀黍畑《もろこしばたけ》」「十五夜お月さん」「七つの子」「青い眼《め》の人形《にんぎょう》」「証城寺《しょうじょうじ》の狸囃子《たぬきばやし》」などを同誌《どうし》に発表《はっぴょう》。

童話童謡雑誌《どうわどうようざっし》や絵雑誌《えざっし》がにぎやかに発行《はっこう》されて……大正《たいしょう》デモクラシーは、子どもたちをも大切にし、児童《じどう》文化を発展《はってん》させたのでした。

詩人《しじん》だけでなく、歌人《かじん》たちも、童謡《どうよう》の世界にかつぎ出されました。与謝野晶子《よさのあきこ》、島木赤彦《しまきあかひこ》、相馬御風《そうまぎょふう》、茅野雅子《ちのまさこ》、西出朝風《にしいでちょうふう》、前田夕暮《まえだゆうぐれ》、今井邦子《いまいくにこ》（当時は山田邦子《やまだくにこ》）、内藤鋠策《ないとうしんさく》、若山牧水《わかやまぼくすい》、若山喜志子《わかやまきしこ》……。

「アララギ」の赤彦《あかひこ》は、「童話《どうわ》」に六十七編《へん》を発表《はっぴょう》し、三冊《さつ》の『赤彦童謡集《あかひこどうようしゅう》』にまとめていますが、これといった作《さく》はないようです。

「早稲田大学校歌《わせだだいがくこうか》」（都《みやこ》の西北早稲田《せいほくわせだ》の杜《もり》に……）の作詩者《さくししゃ》である御風《ぎょふう》は、「春よ来い」を書いています。

新しい子どものための読む詩・うたえる詩――〝童謡《どうよう》〟の創作者《そうさくしゃ》として、「赤い鳥」の三重吉《みえきち》が白秋《はくしゅう》を（更《さら》には八十《やそ》を）見込《みこ》んだように、「金の船」（のちに「金の星」）の編集者《へんしゅうしゃ》・斎藤佐次郎《さいとうさじろう》は雨情《うじょう》を、そして、〝若山牧水《わかやまぼくすい》〟を見込《みこ》んだのでした。

牧水《ぼくすい》は幼年詩《ようねんし》の選者《せんじゃ》をつとめるとともに、創刊号《そうかんごう》（大正《たいしょう》八年十一月号《ごう》）から毎号《まいごう》のように、「金の船」（「金の星」）に童謡《どうよう》を発表《はっぴょう》しました。

喜志子《きしこ》も数編《すうへん》書きました。

牧水《ぼくすい》が童謡《どうよう》を書いたのは、大正《たいしょう》十五年までです。「金の船」「金の星」に発表《はっぴょう》した五十四編《ぺん》と、他《た》の雑誌《ざっし》への数編《すうへん》が主《おも》なものです。大正《たいしょう》十三年五月に、童謡集《どうようしゅう》『小さな鶯《うぐいす》』(弘文堂《こうぶんどう》)が出版《しゅっぱん》されています。

ただ、赤彦《あかひこ》にしても、牧水《ぼくすい》にしても、雑誌《ざっし》で優遇《ゆうぐう》してもらったわりには、いい童謡《どうよう》が書けていないのです。

牧水《ぼくすい》が得意《とくい》になって？　朗読《ろうどく》する詩を、旅人《たびと》・みさき・真木子《まきこ》は、喜んで聞いたでしょうか。

喜んだとすれば、この一編《いっぺん》でしょう。

　　はだか

裏《うら》の田圃《たんぼ》で
水いたづ《ず》らをしてゐ《い》たら
蛙《かえる》が一匹《いっぴき》

草のかげからぴよんと出て
はだかだ〳〵と鳴いた
やい蛙《かえる》
お前《まえ》だつてはだかだ

――「金の船」大正《たいしょう》九年八月号《ごう》

もう一編《いっぺん》、本居長世《もとおりながよ》の曲《きょく》がついた童謡《どうよう》があります。

ダリヤ

ダリヤ、ダリヤ
赤いダリヤ
大きなダリヤ

あたいの顔と
くらべて見たら
あたいの顔より
大きなダリヤ
真赤《まっか》なダリヤ

――「金の船」大正《たいしょう》九年六月号《ごう》

牧水《ぼくすい》も、喜志子《きしこ》も、三人の子どもたちも……、家族《かぞく》でたのしくうたったことでしょう。

〝旅の歌人《かじん》〟とよばれる牧水《ぼくすい》は、毎年《まいねん》、日本のあちこちに旅行をしていました。

そして、歌を詠《よ》むだけでなく、旅の様子《ようす》や旅中《りょちゅう》の感懐《かんかい》をつづった……「紀行文《きこうぶん》」を書くようになっていました。

それは、純粋《じゅんすい》に自然《しぜん》ととけあった、人間愛《にんげんあい》あふれる文章《ぶんしょう》でした。『海より山より』（大正《たいしょう》七年七月、新潮社《しんちょうしゃ》）、『比叡《ひえい》と熊野《くまの》』（大正《たいしょう》八年九月、春陽堂《しゅんようどう》）、『静かなる旅をゆきつつ』（大正《たいしょう》十年七月、アルス）、『みなかみ紀行《きこう》』（大正《たいしょう》十三年七月、マウンテン書房《しょぼう》）など、すぐれた紀行文集《きこうぶんしゅう》を残します。

歌や文章の作品を生み出してくれるとはいえ、旅行をすればお金がかかります。留守番《るすばん》の家族《かぞく》はさびしい思いをします。

それでも妻喜志子《つまきしこ》は、

「汝《な》が夫《つま》は家にはおくな旅にあらば命《いのち》光るとひとの言《え》へども」（あなたの夫《おっと》は家にひきとめないほうがいい。旅に出してあげれば、その命がかがやくのだと、人は言うけれども。）

「やみがたき君がいのちの飢《うえ》かつゑ《え》飽《あ》き足《た》らふ《う》までいませ旅路《たびじ》に」（おさえようのない命の飢《う》えから旅に出たあなた。思う存分《ぞんぶん》、旅をしていらっしゃい。）

――と、夫《おっと》の性《さが》を理解《りかい》し、けなげにたえるのでした。

歌人《かじん》の妻《つま》として、牧水《ぼくすい》の妻《つま》として、歌人喜志子《かじんきしこ》はふさわしい人だったといえます。

第六章　沼津《ぬまづ》の牧水《ぼくすい》

沼津《ぬまづ》へ転居《てんきょ》

大正《たいしょう》九年（一九二〇年）八月――、牧水《ぼくすい》は東京《とうきょう》から一家《いっか》をあげて、*静岡県沼津町楊原《しずおかけんぬまづまちやなぎはら》村上《むらかみ》香《か》貫折坂《ぬきおりさか》へ移りました。

*静岡県沼津市御幸町《しずおかけんぬまづしみゆきちょう》

東京《とうきょう》にいたのでは、日に何人もの来客《らいきゃく》があり、ついつい酒《さけ》も飲《の》んでしまい、いっこうに仕事ができないのです。

このわずらわしさから逃《に》げだし、心を静かにして、すこしマンネリ化した自分の短歌《たんか》にも活《かつ》を入れたい、と考えたのでした。

「創作《そうさく》」の発行経営《はっこうけいえい》を長谷川銀作《はせがわぎんさく》にまかせ、牧水《ぼくすい》は選歌《せんか》と編集《へんしゅう》だけをやることにしました。

長谷川《はせがわ》は牧水門下《ぼくすいもんか》の歌人《かじん》で、前年十一月に、喜志子《きしこ》の妹《いもうと》桐子《きりこ》（潮《うしお》みどり）と結婚《けっこん》して、身内《みうち》になった人でした。

東京《とうきょう》から汽車《きしゃ》で四時間半の、いなか町・沼津《ぬまづ》――。

八月十六日に入った上香貫《かみかぬき》（静岡県沼津市上香貫《しずおかけんぬまづしかみかぬき》）の借家《しゃくや》は、沼津駅《ぬまづえき》から約《やく》二キロの香《か》*貫山麓《ぬきさんろく》、桜《さくら》の木に囲《かこ》まれた広い屋敷《やしき》で、古いながらもゆったりとした二階家《にかいや》でした。

*静岡《しずおか》県沼津市《けんぬまづし》にある香貫山《かぬきやま》のふもと

門に立つと、狩野川《かのがわ》のやぶ土手《どて》が見え、その向こうに愛鷹山《あしたかやま》がそびえ、更《さら》に富士山《ふじさん》がのびあがっています。

沼津《ぬまづ》は牧水《ぼくすい》の大好きな〝富士山《ふじさん》〟と〝海〟が、すぐそこにあるところなのです。

大正《たいしょう》十年（一九二一年）――。

三月二十二日付《づ》けで、第十三歌集《かしゅう》『くろ土《つち》』（新潮社《しんちょうしゃ》）が出版《しゅっぱん》されました。

六歳《むつ》の兄《あに》四歳《よつ》の妹《いもと》のならび寝《ね》てかたりあふ聞《う》けば癒《い》えて後《のち》のこと　――歌集《かしゅう》『くろ土』

（六つの兄《あに》と四つの妹《いもうと》がともに病《や》んで、並《なら》んで寝《ね》て話し合っているのを聞くと、病《びょう》気《き》が治《なお》った後《あと》のことである。）

大正《たいしょう》七年の八月から九月にかけて、長男旅人《ちょうなんたびと》（満《まん》五歳《さい》）と長女《ちょうじょ》みさき（満《まん》二歳《さい》）がともに、腸《ちょう》チブスと百日咳《ひゃくにちぜき》で寝込《ねこ》んだのでした。かなりの重態《じゅうたい》でした。このとき、牧水《ぼくすい》も四、五日寝込《ねこ》み、赤ん坊の真木子《まきこ》も具合《ぐあい》がわるくなりました。喜志子《きしこ》は二十日あまり、夜《よ》中《なか》も子らの看病《かんびょう》をしたのでした。三年前のことです。

四月二十六日、次男《じなん》・富士人《ふじと》が生まれました。

山桜《やまざくら》の歌

大正《たいしょう》十一年（一九二二年）――。

四月二十三日、東京《とうきょう》・赤坂《あかさか》、山王台《さんのうだい》の清風亭《せいふうてい》において、「創作社《そうさくしゃ》春季大会《しゅんきたいかい》」が開かれました。

大広間《おおひろま》には、門人《もんじん》が六十名ほど居並《いなら》んでいました。

上座《かみざ》にすわった三十六歳《さい》の牧水《ぼくすい》は、いつもながらの和服姿《わふくすがた》です。

坊主《ぼうず》刈《が》りの浅黒《あさぐろ》い丸顔《まるがお》に、ひげをたくわえています。

人なつっこい目で、一同《いちどう》を見わたします。

「本日は、よくお集まりくださいました。日ごろの短歌《たんか》への精進《しょうじん》、ご苦労《くろう》さまです。わたくしはこの間、三週間ほど、伊豆湯ヶ島温泉《いずゆがしまおんせん》に出かけておりました。湯ヶ島《ゆがしま》は山桜《やまざくら》の多いところで、その咲《さ》きはじめから、散《ち》りおわるまでを、存分《ぞんぶん》に味《あじ》わってまいりました。わたくしは、花のなかでも、山桜《やまざくら》の花がとりわけ好きなのです。ふるさと坪谷《つぼや》というのが、山の中なもんでしたので、子どものころから山桜《やまざくら》というものを、身近《みぢか》に見ていたせいかもしれません。」

牧水《ぼくすい》は三月二十八日から四月二十日まで、湯ヶ島温泉湯本館《ゆがしまおんせんゆもとかん》に滞在《たいざい》して、付近《ふきん》の山や渓《たに》をめぐり歩いたのでした。

湯ヶ島《ゆがしま》は、天城山《あまぎさん》の北のふもとで、沼津《ぬまづ》に河口《かこう》を開く狩野川《かのがわ》の上流《じょうりゅう》です。

「山桜《やまざくら》の歌が、二十三首《しゅ》できました。心地《ここち》よく詠《よ》めたものばかりで、近年《きんねん》の快作《かいさく》かと思われますので、ごひろうさせていただきます。どうか聴《き》いてください。」

牧水《ぼくすい》はふところから歌稿《かこう》ノートをとり出し、朗詠《ろうえい》を始めました。

うすべにに葉はいちはやく萌《も》えいでて咲《さ》かむとすなり山桜花《やまざくらばな》　――歌集《かしゅう》『山桜《やまざくら》の歌《うた》』

（うすべに色に葉は早くも芽《め》を出して、いままさに咲《さ》こうとしていることよ、山桜《やまざくら》の花は。）

ヤマザクラはほかのサクラとはちがって、花よりも葉が先に出ます。花のさかりはきわめて短く、素朴《そぼく》でつつましやかで、寂《さび》しい美しさをたたえた花です。

うらうらと照《て》れる光にけぶりあひ《い》て咲《さ》きしづ《ず》もれる山ざくら花　――歌《か》集《しゅう》『山桜《やまざくら》の歌《うた》』

（うららかに照《て》っている春の光をうけて互《たが》いにけぶりあい、咲《さ》きおさまっている、山ざくらの花よ。）

牧水《ぼくすい》は、歌稿《かこう》ノートを左手で目の高さにささげ持ち、右手ははかまのひざをなでつつ、体を前後にふりながら、〃さびさびとして渋《しぶ》く、よくとおる声〃で吟《ぎん》じていきます。

瀬瀬《せぜ》走るやまめうぐひのうろくづの美しき春の山ざくら花　――歌集《かしゅう》『山桜《やまざくら》の歌《うた》』

（渓川《たにがわ》の瀬瀬《せぜ》をすばやく走る、やまめやうぐいといった魚たちも美しく見える春、その春に美しく咲《さ》く、山ざくらの花よ。）

「岩かげに立ちてわが釣《つ》る淵《ふち》のうへ《え》に桜ひまなく散《ち》りてをる《お》なり」という一首《しゅ》などもふくまれています。

牧水《ぼくすい》はふるさとでの少年時代を思い出していたことでしょう。坪谷《つぼや》の渓流《けいりゅう》で、よく釣《つ》りをしました。春には山桜《やまざくら》が咲《さ》いていました。

あれは……、五本松峠《ごほんまつとうげ》（宮崎県《みやざきけん》）をこえてとなりの、田代《＊たしろ》の川でした。〃登校拒否《とうこうきょひ》〃の小学生だった牧水《ぼくすい》が、学校への途中《とちゅう》で釣《つ》り糸をたれていると、うしろから〃凧騒動《たこそうどう》〃の丑蔵《うしぞう》があらわれたのでした。あの時にもたしか、山桜《やまざくら》の花が流れに散《ち》りかかっていました。＊宮《みや》

崎《ざき》県《けん》東臼杵《ひがしうすき》郡《ぐん》美郷町《みさとちょう》西郷区《さいごうく》田代《たしろ》

さて、一座《いちざ》の門人《もんじん》たちは、師《し》の吟声《ぎんせい》に聞きほれるとともに、生まれたばかりのその歌のすばらしさに、心を打たれたのでした。

のびやかな調《しら》べ、ただよう清新《せいしん》な悲哀感《ひあいかん》……牧水《ぼくすい》の後期代表作《こうきだいひょうさく》と目《もく》される、この「山ざくら」の連作《れんさく》二十三首《しゅ》は、第十四歌集《かしゅう》『山桜《やまざくら》の歌《うた》』（大正《たいしょう》十二年五月、新潮社《しんちょうしゃ》）に収《おさ》められます。

沼津《ぬまづ》へ移住《いじゅう》して満《まん》二年——、牧水《ぼくすい》は、義弟《ぎてい》長谷川銀作《はせがわぎんさく》にまかせていた「創作《そうさく》」の発行経《はっこうけい》営《えい》を、また自分のところにもどしました。

「創作《そうさく》」は七月号《ごう》から沼津《ぬまづ》で発行《はっこう》され、社友《しゃゆう》もしだいにふえていきました。

歌人《かじん》牧水《ぼくすい》の生活も、すこしずつ豊《ゆた》かになりつつありました。

収入《しゅうにゅう》の主《おも》なものは、新聞《しんぶん》・雑誌《ざっし》の歌壇《かだん》の選歌料《せんかりょう》と、歌集《かしゅう》・歌書《かしょ》の原稿料《げんこうりょう》です。

そのころ牧水《ぼくすい》は、「万朝報《よろずちょうほう》」「国民新聞《しんぶん》」「名古屋新聞《なごやしんぶん》」「中国新聞《しんぶん》」「福岡日日新聞《ふくおかにちにちしんぶん》」「鹿児島新聞《かごしましんぶん》」「いばらき新聞《しんぶん》」「富山日報《とやまにっぽう》」「越佐新報《えっさしんぽう》」「東京日日新聞《にちにちしんぶん》」「読売新聞《よみうりしんぶん》」などの新聞《しんぶん》と、「文章世界」「中央文学」「中学世界」「女学世界《じょがくせかい》」「雄弁《ゆうべん》」「少年倶楽部《しょうねんクラブ》」「明日の教育」「小説倶楽部《しょうせつクラブ》」などの雑誌《ざっし》の選歌《せんか》をしていました。

ほかにも、歌誌《かし》「創作《そうさく》」の作業《さぎょう》（選歌《せんか》・編集《へんしゅう》・発行《はっこう》）があり、たのまれた原稿《げんこう》を書いたり……と、牧水《ぼくすい》はかなり多忙《たぼう》でした。

その間をぬって、小さな旅、大きな旅をするのです。

「みなかみ紀行《きこう》」の旅《たび》

大正《たいしょう》十一年十月十九日の朝——、牧水《ぼくすい》は草津温泉《くさつおんせん》（群馬県吾妻郡草津町《ぐんまけんあがつまぐんくさつまち》）から六合村《くにむら》（吾妻郡《あがつまぐん》）への山道を下っていました。

旅姿《たびすがた》の牧水《ぼくすい》は、もちろん和服《わふく》で、羽織《はおり》の下の着物《きもの》を尻《しり》っぱしょりして、もも引きに巻脚絆《まききゃはん》、草鞋《わらじ》ばき、頭には鳥打《とりう》ち帽《ぼう》をかぶり、手には杖代《つえが》わりに頑丈《がんじょう》なこうもり傘《がさ》を持っています。

腰《こし》には、タオルとはきかえ用の草鞋《わらじ》、小物《こもの》を入れた合切袋《がっさいぶくろ》をぶらさげ、ふところには、メモ用の手帳《てちょう》と鉛筆《えんぴつ》をしのばせています。

けわしいつづらおりを六キロほど下って、山峡《さんきょう》の小さな部落《ぶらく》に出ました。六合村小雨《くにむらこさめ》です。

農家《のうか》のような学校があって、教科書《きょうかしょ》を読む小学生の声が聞こえています。

*白砂川《しらすながわ》の河原《かわら》におりて、一休みしました。山はもえたつような紅葉《こうよう》です。

*群馬県《ぐんまけん》を流れる川。吾妻川《あがつまがわ》（利根川《とねがわ》の支流）の支流

橋《はし》をわたると、*生須《なます》という部落《ぶらく》でした。

*群馬県六合村《ぐんまけんくにむら》

ここからは登《のぼ》りの山道です。

野《の》は一面《いちめん》の枯《か》れすすきで、そのところどころに、楢《なら》の大木《たいぼく》が立ち枯《が》れています。

「なんて、ひどいことをするんだ。せっかくの自然《しぜん》をこわして……。」

「これはひどいですよ、先生。落葉松林《からまつばやし》に作り変えるために、わざと枯《か》らしたんですよ。」

木々《きぎ》の根《ね》もとに斧《おの》を入れ、皮《かわ》をはぎとってあるのです。どの木も、もうすっかり、よみがえることのない枯《か》れ木《き》です。

かわりに、落葉松《からまつ》の小さな苗《なえ》が、整然《せいぜん》と植《う》えられていました。

ところで——、もうわかってしまいましたが、牧水《ぼくすい》は一人旅《ひとりたび》ではなかったのです。門下《もんか》の青年《せいねん》・門林兵治《かどばやしへいじ》が同行《どうこう》していました。

芭蕉《ばしょう》の『奥《おく》の細道《ほそみち》』の旅に、河合曽良《かわいそら》が随行《ずいこう》したように……？　門林青年《かどばやしせいねん》も、牧水《ぼくすい》と同じく、和服姿《わふくすがた》でした。

牧水《ぼくすい》の旅の中でも有名な、「みなかみ紀行《きこう》」の旅ですが、十月十四日に沼津《ぬまづ》をたち、東《とう》京《きょう》から村松道弥《むらまつみちや》・門林兵治《かどばやしへいじ》の二人の門人《もんじん》をつれて、信州佐久《しんしゅうさく》（長野県《ながのけん》）・岩村田《いわむらだ》（長野県《ながのけん》佐久市《さくし》に駅がある）へおもむいたのでした。

十五日は岩村田《いわむらだ》で佐久新聞社《さくしんぶんしゃ》の短歌会《たんかかい》に出席し、十六日は小諸《こもろ》に出て、星野温泉《ほしのおんせん》で一《いっ》泊《ぱく》。十七日は軽井沢《かるいざわ》で地元《じもと》の門人《もんじん》たちと別れ、門林《かどばやし》と二人で、群馬県《ぐんまけん》の嬬恋《つまごい》（吾妻郡《あがつまぐん》）へ。

十八日は草津温泉《くさつおんせん》に泊《と》まり、以前《いぜん》にも見た、名物「時間湯《じかんゆ》」（湯《ゆ》もみをしても、なお五十度もある熱湯《ねっとう》に、三分間だけ入浴《にゅうよく》するもの）を見物し、湯《ゆ》もみ唄《うた》を聞いたのでした。

草津《くさつ》までは乗《の》り物《もの》での移動《いどう》で、十九日の草津出発《くさつしゅっぱつ》からが、徒歩《とほ》での旅らしい旅となったのです。

きょうは暮坂峠《くれさかとうげ》（六合村《くにむら》と中之条町《なかのじょうまち》の境《さかい》）をこえて、東の沢渡温泉《さわたりおんせん》（吾妻郡中之《あがつまぐんなかの》

条町《じょうまち》）へ向かうつもりだったのですが、予定《よてい》を変更《へんこう》して、北へ二里半《りはん》（約《やく》十キロ）の花敷《はなしき》温泉《おんせん》（六合村《くにむら》）へ、寄《よ》り道《みち》をすることにしました。

花敷《はなしき》の手前の引沼《ひきぬま》（六合村《くにむら》）は、十戸《こ》ほどの部落《ぶらく》でした。それでも小学校があって、頭のはげた先生がはだしになっていっしょうけんめい、児童《じどう》に体操《たいそう》を教えていました。

花敷温泉《はなしきおんせん》では関晴館《せきせいかん》という旅館《りょかん》に泊《と》まり、渓川《たにがわ》べりの露天風呂《ろてんぶろ》に入りました。

翌朝《よくあさ》早く、目をさましますと、

「おお、雪ではないか、門林君《かどばやしくん》。」

「ええ、先生、初雪《はつゆき》ですよ。」

夜の間に雪がふって、紅葉《もみじ》の山がうっすらと白くなっていたのでした。

南へひきかえすうちに、道の雪もきえ、きのうの道にもどって、東へ向かいました。なごりの紅葉《もみじ》がてりはえて、静かな枯《か》れ野《の》の道です。道ばたの落葉《おちば》の中から、栗《くり》の実《み》やとちの実を、ひろうともなくひろって、歩いていきます。

心が澄《す》みわたって、自然《しぜん》と一つになったような心地《ここち》がする、牧水《ぼくすい》でした。

「〝暮坂《くれさか》〟とは、さびしい名の峠《とうげ》だねえ。」

「そうですねえ。でも、ふぜいがあって、旅人《たびびと》の気分《きぶん》にさせてくれます。」

牧水《ぼくすい》と門林青年《かどばやしせいねん》は午前十時ごろ、海抜《かいばつ》千八十六メートルの暮坂峠《くれさかとうげ》にさしかかりました。

（峠《とうげ》というものは旅人《たびびと》の心に、語《かた》りかけてくるものがある。ひとときの安《やす》らぎを与《あた》えてくれる。中国山地《ちゅうごくさんち》の二本松峠《にほんまつとうげ》では、〝幾山河《いくやまかわ》〟の歌を吟《ぎん》じたのだったが……。）

暮坂峠《くれさかとうげ》では、これといった歌は生まれませんでした。その代わり、〝暮坂峠越《くれさかとうげご》え〟の様《よう》子《す》を、「枯野《かれの》の旅《たび》」という詩に書きました。

道が下りになって、中之条町《なかのじょうまち》に入ったことになります。

大岩《おおいわ》という部落《ぶらく》では、茅葺《かやぶ》きの民家《みんか》のような小学校の児童《じどう》たちが、牧水《ぼくすい》たちを見かけて、物めずらしそうに垣根《かきね》に走り寄ってきました。

そのままとおりすぎましたが、

「わたしも山村《さんそん》の小学生で、よくああやって、とおる人を見たものだった。」

子どもたちにやさしいまなざしをそそぐ、童謡詩人牧水《どうようしじんぼくすい》でした。

沢渡温泉《さわたりおんせん》で一風呂《ひとふろ》あびて昼食《ちゅうしょく》をとり、二十日は四万温泉《しまおんせん》（中之条町《なかのじょうまち》）に泊《と》まりました。

ところがここでは、たいへん不愉快《ふゆかい》な思いをしました。馬車《ばしゃ》をおりると、客引《きゃくひ》きの男二人にむりやり大きな旅館《りょかん》につれていかれ、しかも、ひどい部屋《へや》にとおされたうえに、夕食《ゆうしょく》には別料金《べつりょうきん》をとられたのでした。

翌日《よくじつ》は、中之条《なかのじょう》から電車《でんしゃ》で渋川《しぶかわ》（群馬県渋川市《ぐんまけんしぶかわし》）へ出ました。渋川駅《しぶかわえき》で東京《とうきょう》へ帰る門林《かどばやし》青年と別れ、電車《でんしゃ》で沼田《ぬまた》へ向かいました。

二十一日は、沼田町《ぬまたまち》（群馬県沼田市《ぐんまけんぬまたし》）の鳴滝館《なるたきかん》という旅館《りょかん》に泊《と》まりました。地元《じもと》の門人《もんじん》たちがおしかけてきて、にぎやかな一夜《いちや》でした。

翌日《よくじつ》は、門下《もんか》の青年・牛口善衛《うしくちよしえ》を案内役《あんないやく》に、〝みなかみ〟を求《もと》めて歩きつづけました。

牧水《ぼくすい》は、川の水上《みなかみ》というものに、強いあこがれをいだいていました。山峡《さんきょう》に渓流《けいりゅう》を見て育《そだ》ったからかもしれません。

どんな大河《たいが》も、さかのぼっていけば、だんだん山の中に入っていき、ついには水源《すいげん》に到《いた》り、ちょろちょろと始まりの流れが、ひそかに清《きよ》らかに息《いき》づいているのです。

そんな〝みなかみ〟をたずねて、大正《たいしょう》七年の秋（十一月）にも、利根川《*とねがわ》の上流《じょうりゅう》、湯檜曽《ゆびそ》

（群馬県《ぐんまけん》）へ旅をしたのでした。

＊群馬県最北部《ぐんまけんさいほくぶ》のみなかみ町に端を発し、関東平野《かんとうへいや》を北西から南東へと流れる川

今回は、月夜野橋《つきよのばし》（群馬県《ぐんまけん》）のところで利根川《とねがわ》に合流《ごうりゅう》する、＊赤谷川《あかやがわ》の源流《げんりゅう》をめざしていました。

＊群馬県《ぐんまけん》を流れる川

赤谷川沿《あかやがわぞ》いに七時間ほど歩いて、猿ヶ京《さるがきょう》（群馬県利根郡《ぐんまけんとねぐん》みなかみ町猿ヶ京温泉《さるがきょうおんせん》）につきました。村で農業《のうぎょう》をしている門下《もんか》の青年・松井太三郎《まついたさぶろう》をさそって、更《さら》にさかのぼり、二十二日は法師温泉長寿館《ほうしおんせんちょうじゅかん》に泊《と》まりました。

三人で湯《ゆ》につかり、部屋にもどって酒盛《さかも》りをしていると、牧水《ぼくすい》ファンだという近在《きんざい》の青年二人が、一升《いっしょう》びんをさげてやってきました。

ふところから牧水《ぼくすい》の歌集《かしゅう》『くろ土《つち》』をとり出し、口絵《くちえ》の写真《しゃしん》と見くらべて、

「やっぱり本物《ほんもの》だ。」

「牧水《ぼくすい》先生だ。」

と、大感激《だいかんげき》です。

それから五人でゆかいに飲んだのでした。

翌日《よくじつ》は赤谷川沿《あかやがわぞ》いにひきかえし、＊湯宿温泉《ゆじゅくおんせん》で二人の門人《もんじん》と別れ、金田屋《かねだや》に泊《と》まりまし

た。　＊群馬県利根郡《ぐんまけんとねぐん》みなかみ町にある温泉

二十四日は沼田《ぬまた》にもどり、門人《もんじん》たちと歌会《かかい》を開き、午前一時におよぶ酒盛《さかも》りにつきあいました。

二十五日は、法師温泉《ほうしおんせん》からついてきた生方吉次《うぶかたきちじ》青年を伴《ともな》い、利根川《とねがわ》の支流《しりゅう》、＊片品川《かたしながわ》をさかのぼり、老神温泉《おいがみおんせん》（群馬県《ぐんまけん》）に泊《と》まりました。　＊群馬県《ぐんまけん》を流れる利根川《とねがわ》支流

翌日《よくじつ》は雨でした。別れる生方《うぶかた》青年の番傘《ばんがさ》に、即興《そっきょう》の歌を書いてやりました。この日は更《さら》に片品川《かたしながわ》をさかのぼり、＊白根温泉《しらねおんせん》に到《いた》りました。　＊群馬県利根郡片品村《ぐんまけんとねぐんかたしなむら》にある温泉

二十七日は、道案内人《みちあんないにん》をやとって、更《さら》に片品川《かたしながわ》をさかのぼり、奥深《おくぶか》い自然《しぜん》の中へ入っていきました。

丸木橋《まるきばし》を何度かわたりながら、渓沿《たにぞ》いの細い道をゆき、つづらおりのけわしい坂道《さかみち》をのぼりつめると、山の上に静かな沼がありました。大尻沼《おおじりぬま》です。

明るく澄《す》んだ水の面《も》に三、四十羽《ば》の鴨《かも》がうかび、岸《きし》には石楠花《しゃくなげ》の大木《たいぼく》が見られ、樅《もみ》、黒《くろ》檜《び》、橡《とち》、桂《かつら》などの老木《ろうぼく》の樹林《じゅりん》にとりかこまれています。

それは人をめずらしがっているような、神々《こうごう》しく初々《ういうい》しい風景《ふうけい》でした。

天地《あめつち》のいみじきながめに逢《あ》ふ時しわが持ついのちかなしかりけり

（天地《てんち》自然《しぜん》のすばらしいながめに出会うとき、そのすばらしさを感じとれる、わが身のいのちというものが、いとしく思えることだ。）

――歌集《かしゅう》『山桜《やまざくら》の歌《うた》』

大尻沼《おおじりぬま》からしばらく行くと、丸沼《まるぬま》に出ました。沼《ぬま》のほとりに、三、四軒《けん》の家が建《た》っています。それでも沼《ぬま》は、神秘《しんぴ》なたたずまいです。

この日は鱒養殖《ますようしょく》場《じょう》の番小屋《ばんごや》に泊《と》めてもらいました。

翌《よく》二十八日、老番人《ろうばんにん》の道案内《みちあんない》で、金精峠《こんせいとうげ》（群馬《ぐんま》・栃木《とちぎ》の県境《けんざかい》）へと向かいました。

長い坂《さか》をのぼりきると、菅沼《すげぬま》（群馬県《ぐんまけん》）がありました。

菅沼《すげぬま》・丸沼《まるぬま》・大尻沼《おおじりぬま》は、片品川《かたしながわ》の水源《すいげん》にあたる火山湖《かざんこ》なのです。

菅沼《すげぬま》をすぎて林の中をとおっているとき……、

「おや、これは何ですか?」

道ばたの草むらに、むくむくとわき出ている水……。

「これが、三つの沼《ぬま》の、水源《すいげん》なんですよ。」

聞いて、牧水《ぼくすい》の胸は高鳴《たかな》りました。

「おお、これこそ……これがみなかみなんだ。」

牧水《ぼくすい》はおどりあがり、ばしゃばしゃと水の中へふみこんでいきました。

「おお、この清《きよ》らかさ。ひたむきなわき出よう……。」

切れるように冷《つめ》たい……、それがまた心地《ここち》よい、水でした。

(これが、片品川《かたしながわ》の水源《すいげん》なんだ。そして利根川《とねがわ》の、一つの水源《すいげん》でもあるのだ。)

手をあらい、顔をあらい、手にすくってたらふく飲みました。

酒《さけ》とはまたちがう、えがたい無味《むみ》の甘露《かんろ》でした。

実際《じっさい》に足をはこんで、根源《こんげん》へ根源《こんげん》へとさかのぼりつづけた牧水《ぼくすい》の心——。このときついに、みなかみにふれた、行きついた——という、感激《かんげき》を味《あじ》わったのです。

金精峠《こんせいとうげ》をこえて、栃木県《とちぎけん》に入り、日光《にっこう》・宇都宮《うつのみや》へと旅《たび》はつづきました。

沼津《ぬまづ》へ帰ってきたのは、十一月五日の夜でした。

今回の旅は、十月二十八日の金精峠《こんせいとうげ》までが「みなかみ紀行《きこう》」として、それ以後《いご》が「金精《こんせい》峠《とうげ》より野州路《やしゅうじ》へ」としてつづられました。

「みなかみ紀行《きこう》」は、紀行文集《きこうぶんしゅう》『みなかみ紀行《きこう》』（大正《たいしょう》十三年七月、マウンテン書房《しょぼう》）に収《おさ》められました。

旅中《りょちゅう》の歌百二十五首《しゅ》は、歌集《かしゅう》『山桜《やまざくら》の歌《うた》』（大正《たいしょう》十二年五月、新潮社《しんちょうしゃ》）に収《おさ》められました。

母への孝行《こうこう》

牧水《ぼくすい》の生活はようやく安定し、主宰誌《しゅさいし》「創作《そうさく》」も社友《しゃゆう》がふえ、毎月順調《じゅんちょう》に発行《はっこう》されていました。

大正《たいしょう》十二年（一九二三年）四月には、沼津《ぬまづ》で「創作社全国社友大会《そうさくしゃぜんこくしゃゆうたいかい》」が開かれ、およそ百名の門人《もんじん》たちが全国から集まりました。

五月には、第十四歌集《かしゅう》『山桜《やまざくら》の歌《うた》』（新潮社《しんちょうしゃ》）が出て、歌壇《かだん》の評判《ひょうばん》になりました。

九月の関東大震災《かんとうだいしんさい》も、沼津《ぬまづ》はそれほどたいしたことはなく、家族《かぞく》も無事《ぶじ》でした。ただ、東京《とうきょう》の新聞《しんぶん》・雑誌《ざっし》関係《かんけい》からの収入《しゅうにゅう》が一時とだえ、やりくりに苦労《くろう》しました。

年末《ねんまつ》には、東京日日新聞社《とうきょうにちにちしんぶんしゃ》（現《げん》・毎日新聞社《まいにちしんぶんしゃ》）が募集《ぼしゅう》した、東宮《とうぐう》（皇太子《こうたいし》、のちの昭和《しょうわ》天皇《てんのう》）御成婚記念《ごせいこんきねん》「国民の歌」の選者《せんじゃ》をつとめました。

大正《たいしょう》十三年（一九二四年）——。

三月八日早朝《そうちょう》の沼津駅《ぬまづえき》——。

「じゃあ、行ってくるからね。留守《るす》をしっかりたのむ。」

「だいじょうぶですよ、大悟法《だいごぼう》さんがいらっしゃるから。タンタン（旅人《たびと》）も、お父さんのおっしゃることをよく聞いて、気をつけて行くんですよ。」

「はい。しばらく学校を休みますから、勉強をしながら行きます。」

牧水《ぼくすい》は父の十三回忌法要《かいきほうよう》のための帰省《きせい》に、小学校四年生の長男旅人《ちょうなんたびと》をつれていくのです。

この機会《きかい》に、祖父《そふ》の墓《はか》にお参《まい》りをさせ、久《ひさ》しぶりに祖母《そぼ》に会わせ、それにぜひ一度、父の故郷《こきょう》を見せておこうと思ったのでした。

「先生、留守《るす》はわたくしにおまかせください。どうぞ、お気をつけて。」

昨年《さくねん》から、住《す》み込《こ》みで助手《じょしゅ》をつとめてくれている、門下《もんか》の歌人《かじん》・大悟法利雄《だいごぼうとしお》です。

大悟法《だいごぼう》は大分県中津市《おおいたけんなかつし》の出身《しゅっしん》で、牧水《ぼくすい》より十三歳年下《さいとしした》です。一昨年《いっさくねん》の「みなかみ紀行《きこう》」の旅のときも、東京《とうきょう》から留守番《るすばん》にきてくれていたのでした。

沼津《ぬまづ》をたった牧水《ぼくすい》・旅人父子《たびとおやこ》は、途中《とちゅう》、あちこちに寄《よ》り道《みち》をしました。

名古屋《なごや》、大阪《おおさか》、神戸《こうべ》、厳島《いつくしま》（広島県《ひろしまけん》）、山口《やまぐち》、戸畑《とばた》（福岡県《ふくおかけん》）をへて、十五日、長崎《ながさき》へ。

長崎《ながさき》では、門人中村三郎《もんじんなかむらさぶろう》の追悼会《ついとうかい》・追悼歌会《ついとうかかい》に出席しました。

熊本県《くまもとけん》にも八日間滞在《たいざい》し、宮崎県《みやざきけん》の坪谷《つぼや》についたのが、三月二十七日の夕方――出発《しゅっぱつ》からなんと、二十日目《はつかめ》でした。

「ようきたのう、旅人《たびと》。大《おお》きゅうなった。お父さんにひっぱりまわされて、さぞ、疲《つか》れたことじゃろ。繁《しげる》も、よう帰ってくれた。」

七十六歳《さい》の老母《ろうぼ》マキが、顔をほころばせて出迎《でむか》えてくれました。

孫《まご》のはるにつれられて上京《じょうきょう》したときから七年、元気で気丈《きじょう》なマキは、まだ産婆《さんば》の仕事をしているのです。

牧水《ぼくすい》にとっては、十一年ぶりのふるさとでした。父の死後、一度も帰らなかったのです。その牧水《ぼくすい》を驚《おどろ》かせ、とまどわせたのは――村人たちの熱心《ねっしん》な来訪《らいほう》でした。

「繁《しげる》さん、いや、牧水先生《ぼくすい》。ようこそ、お帰りなさいました。」

「先生のご活躍《かつやく》は、われわれ坪谷《つぼや》の者《もん》にも、鼻《はな》が高いです。」

「一席《いっせき》もうけますから、ぜひご出席ください。」

歌人若山牧水《かじんわかやまぼくすい》の名声《めいせい》がようやく、この宮崎《みやざき》の山奥《やまおく》にもとどいたのでした。

思いがけなく、〝故郷《こきょう》に錦《にしき》を飾《かざ》る〟……帰郷《ききょう》となったのです。

四月三日、東郷村《とうごうそん》（宮崎県《みやざきけん》）をあげての〝牧水先生歓迎会《ぼくすいせんせいかんげいかい》〟が、村内《そんない》の船山旅館《ふなやまりょかん》で盛大《せいだい》にもよおされました。

「村の皆《みな》さまには、いつもご迷惑《めいわく》をおかけしております。たいした文学者ではありませんが、わたくしの今日《こんにち》がありますのは、ひとえに皆《みな》さまのおかげです。厚《あつ》くお礼《れい》をもうしあげます。

歌人牧水《かじんぼくすい》を育《そだ》てたのは、この日向《ひゅうが》の山河《やまかわ》です。

そして、わが子のわがままをゆるしてくれた、母親《ははおや》の深《ふか》い愛《あい》も、ありがたいものであります。」

その母親マキが、胸《むね》にこみあげるものをこらえて、となりにすわっています。

永年苦労《ながねんくろう》をかけた母親《ははおや》に、晴《は》れがましさを贈《おく》ろうと、牧水《ぼくすい》がぜひにとつれだしたのです。

宴《えん》もたけなわとなり、牧水《ぼくすい》はとくいの朗詠《ろうえい》を始めたのですが、「ふるさとの尾鈴《おすず》の山のかなしさよ秋もかすみのたなびきて居《お》り」の、「かなしさよ」まできて、急《きゅう》に声が出なくなってしまいました。

あの当時の、〝長男としての苦悩《くのう》〟を思い出し、胸がつまったのでした。

四月十二日に、父立蔵《ちちりゅうぞう》の十三回忌《かいき》の法要《ほうよう》をいとなみ、いよいよ沼津《ぬまづ》に帰ることになりました。

「おばあちゃんも、沼津《ぬまづ》へ行こうよ。富士山《ふじさん》はでっかいし、近くに温泉《おんせん》もあるんだよ。ぼくの学校だって見せてあげるよ。」

かわいい孫《まご》にさそわれて、

「そうかい？　沼津《ぬまづ》はいいところかい？」

老母《ろうぼ》マキも腰《こし》をあげました。

母と長旅《ながたび》をするのは、十二歳《さい》のときの「金比羅参《こんぴらまい》り」以来《いらい》です。

沼津《ぬまづ》に帰ってきたのが、四月二十三日でした。

母マキは孫《まご》たちに囲《かこ》まれてすごし、以前《いぜん》とはちがう生活の落ちつきを喜んでくれました。

「お母さん、こちらで面倒《めんどう》を見させてください。」

喜志子《きしこ》も、

「どうか、こちらにずっと、おいでください。」

それでも、老母《ろうぼ》マキは、

「わたしには、ご先祖《せんぞ》の土地しかないよ。」

一か月ばかりいて、また坪谷《つぼや》へ帰っていきました。

千本浜《せんぼんはま》の家

牧水《ぼくすい》が沼津《ぬまづ》に帰ってきた四月に、歌壇《かだん》に一つのできごとがありました。反《はん》アララギの有力《ゆうりょく》歌人《かじん》約《やく》三十名による、超結社《ちょうけっしゃ》の歌誌《かし》「日光《にっこう》」の創刊《そうかん》です。北原白秋《きたはらはくしゅう》、前田夕暮《まえだゆうぐれ》、吉植庄亮《よしうえしょうりょう》、土岐善麿《ときぜんまろ》、石原純《いしはらあつし》、古泉千樫《こいずみちかし》、釈迢空《しゃくちょうくう》、川田順《かわたじゅん》、木下利玄《きのしたりげん》ら、豪華《ごうか》な顔ぶれでした。

牧水《ぼくすい》がはずれているのは、「創作《そうさく》」というれっきとした歌誌《かし》の主《あるじ》だったからです。「日光《にっこう》」は昭和《しょうわ》二年十二月まで約四年間つづき、三十八冊《さつ》を刊行《かんこう》しました。

沼津《ぬまづ》にも、できごとが待っていました。留守中《るすちゅう》に家主《やぬし》（前田省三氏《まえだしょうぞうし》）から、自分たちが住むので家をあけてほしいと、いってきたそうなのです。

借家《しゃくや》だから、こういうこともあるのです。やはり持ち家でなければ、落ちつきません。牧水《ぼくすい》は前年《ぜんねん》から、そろそろ自分の家を建《た》てようと、資金作《しきんづく》りの「半折短冊揮毫頒布会《はんせつたんざくきごうはんぷかい》」を計画《けいかく》してはいたのですが、まだ実行していなかったのです。

とりあえず、空家《あきや》をさがすしかありませんでした。

沼津《ぬまづ》は前年七月に「沼津市《ぬまづし》」となっていましたが、市内千本浜《しないせんぼんはま》に新築中《しんちくちゅう》の家がかりられることになりました。

八月九日、上香貫《かみかぬき》から沼津市本字松下七反田《ぬまづしほんあざまつしたしちたんだ》の借家《しゃくや》へひっこしました。

波《なみ》の音が聞こえる、千本松原《せんぼんまつばら》のかげの小さな家でした。

自分の家を建《た》てるために、いよいよ「牧水半折会《ぼくすいはんせつかい》」を実行することにしました。

まず九月に地元沼津《じもとぬまづ》で、十一月には東京《とうきょう》で展覧会《てんらんかい》を開き、申《もう》し込《こ》みをうけつけました。
○半折《はんせつ》一枚《まい》　金拾円《きんじゅうえん》
○色紙《しきし》一枚　金八円
○短冊《たんざく》一枚　金五円
沼津《ぬまづ》では総額《そうがく》三千円の申《もう》し込《こ》みがありましたが、材料費《ざいりょうひ》や諸雑費《しょざっぴ》もかかるし、それだけの揮毫《きごう》をするのもなかなかたいへんでした。

年末《ねんまつ》に、すぐ近くの家をかりて移《うつ》りました。

大正《たいしょう》十四年（一九二五年）――。

新年早《しんねんそう》そう、一月中旬《ちゅうじゅん》に、妻喜志子《つまきしこ》とともに関西《かんさい》へ出かけ、創作社社友《そうさくしゃしゃゆう》たちと交流《こうりゅう》しました。大阪《おおさか》では揮毫会《きごうかい》をもよおしました。

なんとか建築資金《けんちくしきん》のめどが立って、二月はじめに、約《やく》五百坪《つぼ》（約千六百五十平方《へいほう》メートル）の土地を買いました。

場所は今の家から西へ四、五百メートルの、「市道《いちみち》」とよばれる所で、千本松原《せんぼんまつばら》のかげの桃畑《ももばたけ》の中です。

牧水《ぼくすい》は千本松原《せんぼんまつばら》が気に入っていました。

駿河湾《するがわん》の奥《おく》にあたる、沼津《ぬまづ》の海岸線《かいがんせん》が「千本浜《せんぼんはま》」で、その松林《まつばやし》が「千本松原《せんぼんまつばら》」なのです。

松原《まつばら》は千本松原《せんぼんまつばら》から更《さら》に西へ、片浜《かたはま》、原《はら》、田子ノ浦《たごのうら》、そして富士川《ふじがわ》の河口《かこう》へと、四里《り》（約《やく》十六キロ）にわたってつづいているのです。

御料林《ごりょうりん》（皇室所有《こうしつしょゆう》の森林《しんりん》）である千本松原《せんぼんまつばら》は、松林《まつばやし》だけでなく、内陸側《ないりくがわ》へ五百メートルにおよぶ幅《はば》で、自然《しぜん》の森が広がっているのでした。

牧水《ぼくすい》は砂浜《すなはま》に出て海をながめるだけでなく、よくこの森の中に入って、草の上に寝《ね》ころんだりしていました。

土地を買ったといっても、その代価《だいか》七千三百円ほどのうち、四千円は銀行《ぎんこう》からかりたのでした。

二月中旬《ちゅうじゅん》には岡崎《おかざき》（愛知県《あいちけん》）で揮毫会《きごうかい》をもよおしました。

四月一日、にぎやかに地鎮祭《じちんさい》がおこなわれました。まわりの桃畑《ももばたけ》も、ちょうど花時《はなどき》でした。

地元《じもと》の門人《もんじん》たちだけでなく、地方からも何人か出席してくれました。衣冠束帯《いかんそくたい》の神主《かんぬし》さんは、岡山《おかやま》からきてくれた、伊勢崎海花《いせざきかいか》という門人《もんじん》です。

東京《とうきょう》からは、新居《しんきょ》の設計者《せっけいしゃ》・村井武《むらいたけし》——、あの「武《たけ》ちゃん」です。延岡《のべおか》高等小学校時代に城山《しろやま》の上で、「繁《しげ》ちゃん」に金比羅参《こんぴらまい》り同行《どうこう》をすすめた、あの「武《たけ》ちゃん」です。

村井《むらい》は延岡《のべおか》中学でも同級で、文学仲間でした。学校はちがいましたが、東京《とうきょう》でも交流していたのでした。

四月中旬《ちゅうじゅん》には、信州方面《しんしゅうほうめん》へ揮毫行脚《きごうあんぎゃ》に出かけました。

六月にも、岐阜《ぎふ》、信州《しんしゅう》、名古屋《なごや》とまわりました。

八月四日に、上棟式《じょうとうしき》がにぎにぎしくおこなわれました。

伊豆《いず》で調達《ちょうたつ》した材木《ざいもく》によって、立派《りっぱ》な骨組《ほねぐ》みができあがっていました。三十人におよぶ大工《だいく》や職人《しょくにん》たちには、「若山《わかやま》」と染《そ》めぬいた印《しるし》ばんてんをきてもらいました。

屋根《やね》の上の式場《しきじょう》には、三十俵《ぴょう》の餅《もち》が積《つ》み上げられ、主《あるじ》の牧水《ぼくすい》も「餅《もち》まき」に加《くわ》わりました。餅《もち》ひろいの人だかりは、炎天《えんてん》ながら、二百人ほどにもふくらんでいたのでした。

建築費《けんちくひ》一万余《よ》円という、大きな普請《ふしん》をかかえて、牧水《ぼくすい》の揮毫行脚《きごうあんぎゃ》はいっそういそがしくなりました。

八月下旬《げじゅん》には、妻喜志子《つまきしこ》とともに千葉《ちば》へ、九月には喜志子《きしこ》とともに栃木《とちぎ》へ……。

新居《しんきょ》の建築《けんちく》が完了《かんりょう》し、十月五日にひっこしました。

通称《つうしょう》は「市道《いちみち》」ですが、正式な所番地《ところばんち》は「沼津市本字南側《ぬまづしほんあざみなみがわ》六十一番地」です。ここが「創作社《そうさくしゃ》」の所在地《しょざいち》にもなったのです。

一階《かい》九室《しつ》・二階《かい》二室《しつ》の計《けい》十一室《しつ》、総建坪《そうたてつぼ》七十九坪《つぼ》（約《やく》二百六十・七平方《へいほう》メートル）あまりの大きな家でした。一階《かい》には、庭《にわ》に面《めん》した書斎《しょさい》もあります。

十月二十八日、妻喜志子《つまきしこ》とともに、九州方面《きゅうしゅうほうめん》への揮毫行脚《きごうあんぎゃ》に出発《しゅっぱつ》しました。

大阪《おおさか》、岡山《おかやま》、山口《やまぐち》などに立《た》ち寄《よ》ったあと、九州《きゅうしゅう》入りし、八幡《やはた》（福岡県《ふくおかけん》）、福岡《ふくおか》、長崎《ながさき》、大牟田《おおむた》（福岡県《ふくおかけん》）、熊本《くまもと》、鹿児島《かごしま》などをめぐりました。

十二月十日、宮崎県《みやざきけん》に入り、都農町《つのちょう》の長姉《ちょうし》スヱ《すえ》の河野家《こうのけ》に一泊《はく》しました。

母マキと次姉《じし》トモがやってきました。

牧水《ぼくすい》は十二日、老母《ろうぼ》・長姉《ちょうし》・次姉《じし》・妻《つま》をともなって、大分《おおいた》の別府温泉《べっぷおんせん》へのりこみました。

沼津《ぬまづ》で留守番《るすばん》をしてくれている大悟法利雄《だいごぼうとしお》の中津《なかつ》のご両親《りょうしん》を旅館《りょかん》にまねき、二日目からは総勢《そうぜい》七人になりました。

ゆっくりと温泉《おんせん》につかり、ごちそうを食べ、よもやま話をし……たのしい三日間でした。

身内《みうち》と内弟子《うちでし》の親御《おやご》さんへのささやかなサービスであり、牧水《ぼくすい》自身は、各地での揮毫《きごう》や展覧会《てんらんかい》、歌会《かかい》、講演会《こうえんかい》などの疲《つか》れをいやすものでした。

それに、旅中《りょちゅう》の牧水《ぼくすい》は、酒《さけ》にも疲《つか》れていました。ふだんでも、朝二合《ごう》、昼二合《ごう》、夜六合《ごう》と酒《さけ》を飲《の》んでいるかれですが、揮毫《きごう》の旅《たび》では門人《もんじん》たちが歓迎《かんげい》してくれるので、一日平均《へいきん》二升《しょう》五合《ごう》は飲《の》むことになるのです。（一升《しょう》は約《やく》一・八リットル。その十分の一が一合《ごう》。）

「お母さん、わたしもずいぶんと酒《さけ》を飲《の》んできたから、これからはすこしひかえようかと思うんですよ。」

牧水《ぼくすい》が反省《はんせい》をこめて、節酒《せっしゅ》の決意《けつい》をのべると、

「いいや、おまえの体は酒《さけ》で焼《や》き固《かた》めたようなもんじゃから、やっぱり飲《の》まにゃいかん。」

と、かえって、禁酒《きんしゅ》の害《がい》をいう、老母《ろうぼ》マキでした。

大酒《たいしゅ》が寿命《じゅみょう》をちぢめた牧水《ぼくすい》ですが、もう酒《さけ》をやめられない体（つまりは、アルコール中毒《ちゅうどく》）になっていることを、母親《ははおや》は見ぬいていたのです。

十二月十四日、母と姉たちを駅《えき》まで送ったあと、大悟法《だいごぼう》のご両親《りょうしん》に見送られて、牧水夫《ぼくすいふ》妻《さい》は別府《べっぷ》から船にのりました。

大阪《おおさか》につき、京都《きょうと》に二泊《はく》して、十二月十七日午後、沼津《ぬまづ》の新居《しんきょ》に帰ってきました。

五十日からの長い揮毫旅行《きごうりょこう》でした。

千本松原《せんぼんまつばら》があぶない

大正《たいしょう》十五年（昭和《しょうわ》元年、一九二六年）——。

牧水《ぼくすい》は近年《きんねん》、「創作《そうさく》」という結社短歌雑誌《けっしゃたんかざっし》の発行《はっこう》だけでは満足《まんぞく》できず、書店販売《しょてんはんばい》をする「詩歌総合雑誌《しいかそうごうざっし》」の発行《はっこう》を考えつづけていました。

幸《さいわ》い手もとには、揮毫行脚《きごうあんぎゃ》によってえたお金がありました。本格的《ほんかくてき》に発刊準備《はっかんじゅんび》にとりかかりました。

そして、この年五月、ついに詩歌総合雑誌《しいかそうごうざっし》「詩歌時代《しいかじだい》」を創刊《そうかん》したのです。

詩・短歌《たんか》・俳句《はいく》・童謡《どうよう》・民謡《みんよう》……日本の詩歌《しいか》が、すべて網羅《もうら》されているのです。しかも誌面《しめん》には、各分野《かくぶんや》のそうそうたる作者が寄稿《きこう》していました。

一般投稿欄《いっぱんとうこうらん》もにぎやかでした。

各分野《かくぶんや》の選者《せんじゃ》は、長詩《ちょうし》が白鳥省吾《しらとりしょうご》、民謡《みんよう》が北原白秋《きたはらはくしゅう》、童謡《どうよう》が野口雨情《のぐちうじょう》、散文詩《さんぶんし》が福永《ふくなが》挽歌《ばんか》、俳句《はいく》が自由律《じゆうりつ》の荻原井泉水《おぎわらせいせんすい》、そして短歌《たんか》は、もちろん牧水《ぼくすい》。

直接購読者《ちょくせつこうどくしゃ》が三千名以上あり、千部を書店《しょてん》に出しました。定価《ていか》は六十銭《せん》でした。牧水《ぼくすい》はたいしたことをやる、読みごたえのある雑誌《ざっし》だ——と、評判《ひょうばん》はなかなかのものでした。

しかし、牧水《ぼくすい》のやることはいつも、経営面《けいえいめん》で破綻《はたん》をきたします。読者獲得《どくしゃかくとく》のための懸賞募集《けんしょうぼしゅう》その他に、総額《そうがく》五百円あまりをつぎこんでいました。それに、書店販売《しょてんはんばい》の売れゆきがわるかったのです。

創刊号《そうかんごう》でもう、九百六十五円の赤字《あかじ》でした。ほかに、準備費《じゅんびひ》として約《やく》二千五百円がかかっているのです。

寄稿《きこう》の諸大家《しょたいか》にも、散文以外《さんぶんいがい》は原稿料《げんこうりょう》をはらうことができず、沼津名産《ぬまづめいさん》〝あじの干物《ひもの》〟（ただし、若山家《わかやまけ》の手作り）を送ってかんべんしてもらいました。

「詩歌時代《しいかじだい》」は、二号《ごう》（六月号《ごう》）、三号《ごう》（七月号《ごう》）と、出すたびに百円ほどの赤字《あかじ》がつづきました。

八月のことでした。暗《くら》い心をなぐさめようと、浜《はま》へ散歩《さんぽ》に出かけていくと、

「なんだ、これは!?　どうしたことだ？」

立ち並《なら》ぶ老松《ろうしょう》の樹皮《じゅひ》がはがされ、そこに番号《ばんごう》を書きこんであるのです。松《まつ》ばかりか雑木《ぞうき》も、めぼしいものには番号《ばんごう》がつけられているのです。

牧水《ぼくすい》はあわてて家にひきかえし、妻《つま》や大悟法《だいごぼう》に、この松原《まつばら》の異変《いへん》を伝《つた》えました。

大悟法《だいごぼう》がさっそくかけ出していき、情報《じょうほう》をえてきました。

「先生、この一帯《いったい》の松《まつ》を伐採《ばっさい》するのだそうです。」

御料林《ごりょうりん》だった千本松原《せんぼんまつばら》が今年、静岡県《しずおかけん》に払《はら》い下げられたのですが、県《けん》は何かの財源《ざいげん》にするために、その一部を伐採《ばっさい》して材木《ざいもく》やまきとして売るのだというのです。

「なんという無茶《むちゃ》なことを！　千本松原《せんぼんまつばら》をただの松林《まつばやし》だと思っているのか！」

ふだんはおだやかな牧水《ぼくすい》ですが、胸《むね》に怒《いか》りがこみあげました。

良識《りょうしき》ある市民《しみん》なら、当然《とうぜん》の怒《いか》りです。沼津市《ぬまづし》に伐採反対運動《ばっさいはんたいうんどう》がおこりました。

牧水《ぼくすい》はその先頭《せんとう》に立ちました。

「沼津千本松原《ぬまづせんぼんまつばら》」という二つの文章《ぶんしょう》を書き、「沼津日日新聞《ぬまづにちにちしんぶん》」（八月）と「東京時事新報《とうきょうじじしんぽう》」（九月）に発表《はっぴょう》しました。千本松原《せんぼんまつばら》の由来《ゆらい》とそのすばらしさをのべ、静岡県《しずおかけん》の無謀《むぼう》な計画《けいかく》をなじる、迫力《はくりょく》ある一文《いちぶん》でした。

九月十一日夜、千本浜道《せんぼんはまみち》の劇場《げきじょう》「国技館《こくぎかん》」において「千本松原伐採反対市民大会《せんぼんまつばらばっさいはんたいしみんたいかい》」が開かれ、牧水《ぼくすい》も出席して壇上《だんじょう》に立ちました。

演説《えんぜつ》や講演《こうえん》の苦手《にがて》な牧水《ぼくすい》ですが、「なんとしても、千本松原《せんぼんまつばら》を守《まも》るんだ！」という気概《きがい》から、熱弁《ねつべん》をふるいました。

「わからずやの当局《とうきょく》にも、困《こま》ったものです。こんな暴挙《ぼうきょ》ははずかしいかぎりです。千本松原《せんぼんまつばら》は、わたしたちの貴重《きちょう》な財産《ざいさん》なのです。あの松原《まつばら》がなくなれば、沼津《ぬまづ》が沼津《ぬまづ》でなくなってしまいます。

沼津《ぬまづ》の住民《じゅうみん》となって、わたしはまだ六年ですが、この地が第二のふるさとのように思えるのです。富士《ふじ》をあおぐ幸《しあわ》せ、千本浜《せんぼんはま》にたたずむ幸《しあわ》せ……、第一松《まつ》がなくては、寄りかかることもできません。」

ここでどっと、会場《かいじょう》に笑《わら》いがおきました。生《き》まじめな牧水自身《ぼくすいじしん》、予期《よき》せずすべり出たユーモアでした。

「いや、あの松原《まつばら》は、あの浜《はま》の森林《しんりん》は、大切な自然《しぜん》です。ほとりに住んでいるわたしは、そのありがたさ、その恵《めぐ》みを実感《じっかん》しています。

皆《みな》さんご存《ぞん》じのように、戦国時代《せんごくじだい》にすっかり伐《き》りはらわれて、海の潮煙《しおけむり》が農作物《のうさくぶつ》をいためつけていたそうです。これをうれえて、千本山乗運寺《せんぼんざんじょううんじ》の二十数代前の住職《じゅうしょく》・増誉上人《ぞうよしょうにん》が、阿弥陀経《あみだきょう》をとなえながら一本ずつ、千本の苗木《なえぎ》を植《う》え、時の政府《せいふ》に建言《けんげん》して、枝《えだ》一本腕《うで》一本のきびしい法度《はっと》のもと、愛護《あいご》してもらったのでした。

数百年の苦心《くしん》の産物《さんぶつ》なのです。

一度失《うしな》われた自然《しぜん》は、回復《かいふく》するのに、気の遠くなるような時間と労力《ろうりょく》を要《よう》するのです。皆《みな》さん、今が正念場《しょうねんば》です。子孫《しそん》のためにも、かれらの無謀《むぼう》な計画《けいかく》をなんとしてもうちくだかねばなりません。

怒《いか》りの声を集めて、かれらの顔面《がんめん》にぶつけてやりましょう。」

盛大《せいだい》な拍手《はくしゅ》がおこりました。

牧水《ぼくすい》ら有識者《ゆうしきしゃ》の先導《せんどう》によって、反対運動《はんたいうんどう》はもりあがりました。

県当局《けんとうきょく》も愚《おろ》かさに気づいたのか、松原処分問題《まつばらしょぶんもんだい》は立ち消えになりそうな気配《けはい》でしたが、牧水《ぼくすい》の「詩歌時代《しいかじだい》」のほうはどうにもならなくなっていました。

六号《ごう》（十月号《ごう》）をもって廃刊《はいかん》することに決《き》め、どうにか編集《へんしゅう》をすませました。

「喜志子《きしこ》、また赤《あか》モウセンをさげて旅《たび》に出るぞ。今度は東北《とうほく》・北海道《ほっかいどう》だ。」

「赤モウセン」というのは、半折揮毫《はんせつきごう》のとき下敷《したじ》きに使うもので、揮毫行脚《きごうあんぎゃ》の携行品《けいこうひん》なのです。

「詩歌時代《しいかじだい》」の失敗《しっぱい》による借金《しゃっきん》が数千円、新居建築関係《しんきょけんちくかんけい》のと合わせて一万六千円ほどの借《しゃっ》金《きん》をかかえこんで、牧水《ぼくすい》はまた苦《くる》しい旅を強《し》いられるのでした。

九月二十一日、妻喜志子《つまきしこ》とともに沼津《ぬまづ》をたちました。

福島《ふくしま》、盛岡《もりおか》、青森《あおもり》にそれぞれ一泊《ぱく》し、二十四日、連絡船《れんらくせん》で北海道《ほっかいどう》へわたりました。

札幌《さっぽろ》（五泊《はく》）、岩見沢《いわみざわ》（三泊《ぱく》）、旭川《あさひかわ》（四泊《ぱく》）、増毛《ましけ》（一泊《ぱく》）、深川《ふかがわ》（一泊《ぱく》）、名寄《なよろ》（一泊《ぱく》）、紋別《もんべつ》（一泊《ぱく》）、網走《あばしり》（二泊《はく》）、池田《いけだ》（二泊《はく》）、帯広《おびひろ》（四泊《はく》）、途別温泉《とべつおんせん》（四泊《はく》）、帯広《おびひろ》（一泊《ぱく》）、上砂川《かみすながわ》（二泊《はく》）、幾春別《いくしゅんべつ》（二泊《はく》）、歌志内《うたしない》（一泊《ぱく》）、幌内《ほろない》（三泊《ぱく》）、夕張《ゆうばり》（九泊《はく》）、岩見沢《いわみざわ》（一泊《ぱく》）、札幌《さっぽろ》（八泊《ぱく》）、新琴似《しんことに》（一泊《ぱく》）、小樽《おたる》（三泊《ぱく》）、函館《はこだて》（一泊《ぱく》）——と、北海道滞在《ほっかいどうたいざい》は六十一日間でした。後半には雪がふりました。

十一月二十三日、連絡船《れんらくせん》で青森《あおもり》にもどり、五所川原《ごしょがわら》（青森県《あおもりけん》）、盛岡《もりおか》（岩手県《いわてけん》）、福島《ふくしま》、三春《みはる》（福島県《ふくしまけん》）などに立《た》ち寄《よ》って、十二月六日夜、沼津《ぬまづ》に帰ってきました。

八十日近い長旅《ながたび》でしたが、揮毫会《きごうかい》や講演会《こうえんかい》だけでなく、門人《もんじん》や歌友《かゆう》や旧友《きゅうゆう》との対面《たいめん》があり、各地の見物《けんぶつ》など、たのしい一面もありました。それでもやはり、くたくたになっていました。

千本松原《せんぼんまつばら》はどうやら無事《ぶじ》のようでした。

十二月二十五日、大正天皇《たいしょうてんのう》が崩御《ほうぎょ》して、昭和《しょうわ》と改元《かいげん》されました。明けて、昭和《しょうわ》二年（一九二七年）となりました。昭和《しょうわ》元年はわずかに六日でした。

一万数千円の借金《しゃっきん》はなかなかへりません。

五月四日には、妻喜志子《つまきしこ》とともに、また揮毫行脚《きごうあんぎゃ》に出発しました。今度は朝鮮《ちょうせん》へ行くのです。

朝鮮《ちょうせん》は明治《めいじ》四十三年（一九一〇年）八月の「韓国併合《かんこくへいごう》」以降《いこう》、日本の一部になっていました。

大阪《おおさか》、広島《ひろしま》、下関《しものせき》（山口県《やまぐちけん》）をへて、一時九州に入り、また下関《しものせき》にもどって、十六日午前十時、関釜連絡船《かんぷれんらくせん》昌慶丸《しょうけいまる》にのりました。

午後六時半に、釜山《ふざん》（韓国《かんこく》）につきました。

はじめての朝鮮《ちょうせん》ですが、創作社友《そうさくしゃゆう》や小中学時代の旧友《きゅうゆう》、新聞記者《しんぶんきしゃ》たちが出迎《でむか》えてくれました。

講演《こうえん》や揮毫《きごう》、そして観光《かんこう》をたのしみながら旅をつづけ、六月七日、京城《けいじょう》（今のソウル）につきました。

牧水《ぼくすい》はその夜七時四十分から八時過ぎまで、京城放送局《けいじょうほうそうきょく》から小講演《しょうこうえん》と歌の朗詠《ろうえい》のラジオ放送をしました。

朝鮮《ちょうせん》には日本人がたくさんいましたし、朝鮮《ちょうせん》の人たちも日本語がわかるのでした。八日間、夫婦《ふうふ》水入らずで朝鮮仏教《ちょうせんぶっきょう》の霊地《れいち》・金剛山《こんごうざん》（現在は北朝鮮《きたちょうせん》）の、一万二千峰《ぼう》の景観《けいかん》・霊気《れいき》をたのしみました。

釜山《ふざん》までもどったのが七月八日、下関《しものせき》についたのが十二日の朝でした。朝鮮滞在《ちょうせんたいざい》は五十七日ほどでした。牧水《ぼくすい》はかなりくたくたになっていました。

それでも更《さら》に九州へわたって、大分《おおいた》や延岡《のべおか》で揮毫会《きごうかい》を開き、七月二十五日、延岡《のべおか》からハイヤーで坪谷《つぼや》の生家《せいか》へ向かいました。

妻喜志子《つまきしこ》をはじめて、誕生《たんじょう》の家に案内《あんない》したのです。

三年ぶりに会う母マキを真ん中に、三人で写真をとりました。父立蔵《りゅうぞう》の墓参《はかまい》りもしました。喜志子《きしこ》にとっては、生前《せいぜん》会うことのなかった舅《しゅうと》です。

七月二十九日、土々呂港《ととろこう》（延岡市《のべおかし》）から神戸《こうべ》へ向かい、沼津《ぬまづ》に帰ってきたのが三十一日でした。

牧水《ぼくすい》はしばらく寝込《ねこ》んでしまいました。

八月の末《すえ》から庭《にわ》に掘抜井戸《ほりぬきいど》（地面《じめん》を深《ふか》く掘《ほ》って地下水《ちかすい》を地表にわき出させる井戸《いど》）をほらせていたのですが、十月八日、とうとう水がふき出しました。塩気《しおけ》もまじらず、豊《ゆた》かできれいな水でした。

「これは、いい水だ。菅沼《すげぬま》の先で飲んだ水源《すいげん》の水を思い出す。」

牧水《ぼくすい》はせっせとこれを飲み、家中《いえじゅう》の者に「飲め、飲め。」とすすめました。

十月十三日、喜志子《きしこ》の妹・潮《うしお》みどり（長谷川桐子《はせがわきりこ》）が、三十歳《さい》のわかさでなくなりました。もともと病弱《びょうじゃく》だったのです。

庭《にわ》にほらせていた池《いけ》が完成《かんせい》し、十一月二十四日、掘抜井戸《ほりぬきいど》の水をひきました。かなり大きな池で、二百ぴきの鮒《ふな》と三びきの鯉《こい》をはなしました。えさをやるのは、もっぱら、六歳《さい》の次男《じなん》・富士人《ふじと》でした。池の尻《しり》から流れ出すせせらぎには、蜆《しじみ》をまきました。

そして、そのせせらぎが、牧水《ぼくすい》の書斎《しょさい》の縁先《えんさき》を流れているのです。セキレイやアオジがやってきて、水あびをするのです。

歌いつづけ、飲みつづけて

昭和《しょうわ》三年（一九二八年）の正月《しょうがつ》は、牧水《ぼくすい》にとって四十三回目の正月であり、生涯最後《しょうがいさいご》の正月となりました。

脚《あし》が弱り、健康状態《けんこうじょうたい》もよくはなかったのですが、もう寿命《じゅみょう》がつきようとしているなんて、牧水自身《ぼくすいじしん》は思いもよらないことでした。

二月十六日、興津《おきつ》（静岡県清水市《しずおかけんしみずし》）へ選挙《せんきょ》の応援演説《おうえんえんぜつ》に出かけていきました。歌壇《かだん》の選者《せんじゃ》をしている「静岡新報《しずおかしんぽう》」の、社長寺崎乙次郎氏《てらさきおとじろうし》が衆議院議員《しゅうぎいんぎいん》の総選挙《そうせんきょ》に立候補《りっこうほ》していたのです。演説《えんぜつ》は苦手《にがて》な牧水《ぼくすい》ですが、喜んで依頼《いらい》に応《おう》じたのにはわけがありました。

会場である小さな芝居小屋《しばいごや》は、人がひしめいていました。

牧水《ぼくすい》の演説《えんぜつ》が始まりました。

「皆《みな》さん、わたしは千本松原《せんぼんまつばら》が大好きです。……」

なんと、あの、〝千本松原《せんぼんまつばら》を守《まも》れ！〟の演説《えんぜつ》なのです。

選挙《せんきょ》はどこへやら、立候補者《りっこうほしゃ》をそっちのけ――で、熱弁《ねつべん》がつづきます。聴衆《ちょうしゅう》はあっけにとられています。たすきをかけた寺崎乙次郎《てらさきおとじろう》先生は、苦《にが》りきっています。

まるで、「千本松原伐採反対集会《せんぼんまつばらばっさい》」のようでしたが、最後にかろうじて、

「とにかくこれは、大問題《だいもんだい》であります。わたしは寺崎乙次郎氏《てらさきおとじろうし》に期待《きたい》しております。その方面《ほうめん》に理解《りかい》をお持ちの方《かた》だと思います。日本の自然保護《しぜんほご》のために尽力《じんりょく》していただくためにも、ぜひ氏《うじ》を議会《ぎかい》に送りましょう。」

と、それらしく体裁《ていさい》をつくろいました。

千本松原伐採問題《せんぼんまつばらばっさい》が、また再燃《さいねん》しかけていたのでした。

五月一日、例《れい》の草鞋《わらじ》ばきの旅姿《たびすがた》で家を出ました。このときの牧水《ぼくすい》は、できてきたばかりの黒い釣鐘《つりがね》マントをきていました。

北伊豆《きたいず》の西の海べりを歩いて、四日に帰ってきました。

七月二十七日午後、池《いけ》のそばで家族《かぞく》六人が写真《しゃしん》をとりました。内弟子《うちでし》の大悟法《だいごぼう》とも二人きりでとりました。最後《さいご》の写真となりました。

八月二十一日から二泊《はく》三日で山梨県下部《やまなしけんしもべ》温泉《おんせん》へ出かけたのが、最後の旅となりました。

脚《あし》が痛《いた》み、体が弱り、熱《ねつ》が出たりして、九月にはすっかり病人《びょうにん》になって、床《とこ》についてしまいました。

「なあ喜志子《きしこ》、わたしはこれで終わりになるのだろうか。まだ一万円以上も借金《しゃっきん》があるというのに……。『創作《そうさく》』はおまえがひきついでやっておくれ。大悟法君《だいごぼうくん》もいることだし……。」

喜志子《きしこ》と大悟法《だいごぼう》は、あわてて、

「何をおっしゃいます。気の弱いことを。」

「先生、早く元気になってください。まだまだ、これからですよ。」

と、牧水《ぼくすい》をしかり、はげましします。

そういう二人も、まといつく不安《ふあん》を、はらいのけきれないふぜいです。

牧水《ぼくすい》の食事《しょくじ》は、情《なさ》けない流動食《りゅうどうしょく》でした。

そして、薬代《くすりが》わりのアルコール!? 病人《びょうにん》が酒《さけ》なんてとんでもないことですが、牧水《ぼくすい》は例外《れいがい》なのです。アルコールを入れると、すこしだけ元気になるのです。主治医《しゅじい》の稲玉信吾《いなたましんご》医師《いし》も、やむをえぬことと、ゆるしてくれていました。

もう快復《かいふく》の見込《みこ》みが立たないということでもあるのです。

九月十五日、地元《じもと》のラジオで〝牧水重態《ぼくすいじゅうたい》〟のニュースが放送されて、千本浜《せんぼんはま》の若山家《わかやまけ》に見舞《みま》い客《きゃく》が次つぎとやってきました。

面会謝絶《めんかいしゃぜつ》ということでしたが、病床《びょうしょう》で最後《さいご》に会った歌友《かゆう》は、九月十六日午後の土岐善麿《ときぜんまろ》でした。

最後の作歌《さっか》で日付《ひづけ》がわかっているのは、「七月二十九日」です。全十五冊《さつ》の歌集《かしゅう》の約《やく》七千首《しゅ》と他《ほか》に千八百首《しゅ》ほどの歌を残した牧水《ぼくすい》ですが、病床《びょうしょう》では短歌を作る気力《きりょく》がなく、たわむれに俳句《はいく》を二句《く》作っただけでした。

九月十六日は死《し》の前日に当たり、危篤状態《きとくじょうたい》ではあったのですが、朝二百cc《シーシー》、午前十時百cc《シーシー》、昼二百cc《シーシー》、午後二時百cc《シーシー》、三時半百cc《シーシー》、夜二百cc《シーシー》、夜間（三回）四百cc《シーシー》——

と、千三百cc《シーシー》（七合《ごう》ほど）の酒《さけ》を飲んでいます。

時どき呼吸《こきゅう》がみだれ、意識《いしき》がにごったりするので、この日は稲玉医師《いなたまいし》が泊《と》まりこんでくれました。

九月十七日、朝食として日本酒百cc《シーシー》、卵黄《らんおう》一個《こ》、玄米重湯《げんまいおもゆ》約《やく》百cc《シーシー》をとりましたが、食《しょく》後《ご》まもなく容態《ようだい》が急変《きゅうへん》しました。

家族《かぞく》、親戚《しんせき》、友人、門下《もんか》などから、末期《まつご》の水代《が》わりに酒《さけ》で唇《くちびる》をしめされながら……午前七時五十八分、牧水《ぼくすい》は息《いき》をひきとりました。

千本浜《せんぼんはま》の引き潮《しお》を思わせる、安《やす》らかな最期《さいご》でした。

病名《びょうめい》は「急性腸胃炎兼肝臓硬変症《きゅうせいちょういえんけんかんぞうこうへんしょう》（肥大性肝硬変《ひだいせいかんこうへん》）」。

満《まん》四十三年の生涯《しょうがい》でした。

あとがき

歌人《かじん》・若山牧水《わかやまぼくすい》の葬儀《そうぎ》は昭和《しょうわ》三年（一九二八年）九月十九日、沼津市《ぬまづし》浜道《はまみち》の乗運寺《じょううんじ》においてとりおこなわれました。日本歌人協会代表《にっぽんかじんきょうかいだいひょう》として、親友《しんゆう》の北原白秋《きたはらはくしゅう》が弔詞《ちょうし》をささげたのでした。

墓《はか》は乗運寺《じょううんじ》と郷里《きょうり》坪谷《つぼや》の若山家墓所《わかやまけぼしょ》に建《た》てられました。

歌誌《かし》「創作《そうさく》」は若山喜志子《わかやまきしこ》によってひきつがれ、喜志子没後《きしこぼつご》（昭和《しょうわ》四十三年八月から）は、長男若山旅人《わかやまたびと》によってうけつがれました。旅人《たびと》は一級建築士《いっきゅうけんちくし》の資格《しかく》を持つ建築家《けんちくか》で、母没後作歌《ぼつごさっか》を始めたのでした。

若山牧水《わかやまぼくすい》は〝旅《たび》と酒《さけ》の歌人《かじん》〟とよばれます。生涯《しょうがい》をつうじて、旅《たび》と酒《さけ》を愛《あい》したわけですが、わかいころは〝恋《こい》の歌人《かじん》〟でもありました。

小枝子《さえこ》との熱《あつ》い恋《こい》のさ中だった、『別離《べつり》』の歌には、みずみずしさと張《は》りがあり、牧水《ぼくすい》のはなやかで魅力的《みりょくてき》な時期《じき》でした。

長男として苦悩《くのう》していたころの『みなかみ』の〝破調《はちょう》の歌〟にも、詩としての新鮮《しんせん》さがありました。

牧水自身《ぼくすいじしん》は、『くろ土《つち》』あたりから歌が深まった、短歌《たんか》というものがわかってきた、といっていますが、どんなものでしょうか。

わたしには、牧水《ぼくすい》の短歌《たんか》は前半にこそ頂点《ちょうてん》があったように思えます。後半は高名《こうめい》な歌人《かじん》としての魅力《みりょく》であったように思えます。

牧水《ぼくすい》はほかに、海・水・桜《さくら》・富士《ふじ》などを愛《あい》していました。これらのそろっていたのが「沼津《ぬまづ》」でした。晩年《ばんねん》ここに住んで、富士山麓方面《ふじさんろくほうめん》にもよく出かけ、伊豆《いず》（湯ヶ島温泉《ゆがしまおんせん》、土肥温泉《といおんせん》、長岡温泉《ながおかおんせん》など）を休養《きゅうよう》の場所としたのでした。

牧水《ぼくすい》は朗詠《ろうえい》が得意《とくい》だったようです。歌そのものが、朗誦性《ろうしょうせい》を心がけて作られています。その辺《へん》が大衆読者《たいしゅうどくしゃ》の心をつかんで、牧水《ぼくすい》の歌はもてはやされました。歌壇《かだん》（つまりは歌人《かじん》仲間《なかま》）の評価《ひょうか》よりも、外《そと》の支持《しじ》が厚《あつ》かったのでした。

現代短歌《げんだいたんか》が読む短歌《たんか》として深められていく中で、牧水《ぼくすい》の口ずさむような歌は、軽《かる》く見られる傾向《けいこう》がありました。それでも、国民の心にしみこんだ牧水《ぼくすい》の歌は、決《けっ》してほろびませんでした。今なお、生きつづけているのです。親《した》しまれつづけているのです。国民的歌人《こくみんてきかじん》である証拠《しょうこ》に、牧水《ぼくすい》の歌碑《かひ》は全国各地に、現在《げんざい》二百八十余基《よき》あり、なお増《ふ》えつづけています。第一号《ごう》は沼津《ぬまづ》・千本浜公園《せんぼんはまこうえん》の「幾山河《いくやまかわ》」の歌碑《かひ》でした。

わたしの住んでいる昭島《あきしま》（東京都昭島市《とうきょうとあきしまし》）のとなり、立川《たちかわ》（東京都立川市《とうきょうとたちかわし》）にも、駅頭《えきとう》に牧水歌碑《ぼくすいかひ》があります。そして、この立川市内《たちかわしない》には、牧水《ぼくすい》のご長男・旅人《たびと》氏《し》が住んでおられました。

この本を書くにあたり、旅人《たびと》氏《し》にいろいろとお話をうかがい、資料面《しりょうめん》のご協力《きょうりょく》をいただいたのですが、出版《しゅっぱん》がおくれたため、氏の生前にお見せできませんでした。旅人《たびと》氏は平《へい》成《せい》十年に八十五歳《さい》で亡《な》くなられました。

わたしの所属《しょぞく》している歌誌《かし》「水甕《みずがめ》」は、牧水《ぼくすい》の師《し》である尾上柴舟《おのえさいしゅう》に始まる結社誌《けっしゃし》です。その運営委員長《うんえいいいんちょう》だった高嶋健一《たかしまけんいち》は、静岡市在住《しずおかしざいじゅう》で、「沼津市若山牧水記念館《ぬまづしわかやまぼくすいきねんかん》」にもかかわっていました。氏も平成《へいせい》十五年に世を去りました。

牧水《ぼくすい》の郷里《きょうり》である宮崎県坪谷《みやざきけんつぼや》には、「生家《せいか》」が保存《ほぞん》されています。すぐとなりにあった「若山牧水記念館《わかやまぼくすいきねんかん》」に代わって、平成《へいせい》十七年四月一日、「若山牧水記念文学館《わかやまぼくすいきねんぶんがくかん》」が開館《かいかん》しました。
牧水《ぼくすい》ゆかりの長沢海岸《ながさわかいがん》（神奈川県《かながわけん》）には「若山牧水資料館《わかやまぼくすいしりょうかん》」があり、岩城島《いわぎじま》（愛媛県《えひめけん》）の岩城郷土館《いわぎきょうどかん》（元三浦家《もとみうらけ》）や長野県《ながのけん》の「塩尻短歌館《しおじりたんかかん》」（塩尻市広丘原新田《しおじりしひろおかはらしんでん》）にも牧水《ぼくすい》のコーナーがあります。

牧水研究《ぼくすいけんきゅう》の第一人者《だいいちにんしゃ》は、内弟子《うちでし》だった大悟法利雄《だいごぼうとしお》氏です。その精細《せいさい》な年譜《ねんぷ》と評伝《ひょうでん》は、人間牧水《ぼくすい》を知る貴重《きちょう》な手がかりです。そんな大悟法《だいごぼう》氏も、平成《へいせい》二年に世を去《さ》られています。

歌誌《かし》「創作《そうさく》」は、旅人《たびと》氏の後、若山富士人《わかやまふじと》氏（牧水《ぼくすい》の次男。平成《へいせい》十年一月没《ぼつ》）、さらに若山《わかやま》とみ子氏（富士人夫人《ふじとふじん》）とうけつがれました。

今年は牧水《ぼくすい》の、生誕《せいたん》一二二年、没後《ぼつご》七十九年です。

出版《しゅっぱん》にあたり、「沼津市若山牧水記念館《ぬまづしわかやまぼくすいきねんかん》」（館長・榎本篁子《えのもとむらこ》氏旅人氏長女）、「若山牧水記念文学館《わかやまぼくすいきねんぶんがくかん》」（館長・伊藤一彦《いとうかずひこ》氏）のご協力をえました。ありがとうございます。

平成十九年一月

楠木《くすのき》しげお

付記　歌誌《かし》「創作《そうさく》」は、その後平成《へいせい》十八年より、若山聚一《わかやましゅういち》氏（若山旅人《わかやまたびと》氏長男）に継承《けいしょう》されました。

若山牧水略年譜

明治十八年（一八八五）　〇歳

〇八月二十四日、宮崎県東臼杵郡東郷村坪谷一番戸に、医師若山立蔵、マキの長男として生まれる。本名繁。

明治二十九年（一八九六）　十一歳

〇三月、坪谷尋常小学校を卒業、五月、延岡高等小学校に入学。

明治三十二年（一八九九）　十四歳

〇四月、延岡中学校に第一回生として入学。

＊二年生のころから短歌を作り始め、各種雑誌への投稿や回覧雑誌発行などの活動をする。
　五年生の秋頃から「牧水」の号を使う。

明治三十七年（一九〇四）　十九歳

○三月、延岡中学校を卒業、四月、上京して早稲田大学文学科高等予科に入学。北原白秋、土岐善麿と同級。
○尾上柴舟の門下となる。
明治四十年（一九〇七）　二十二歳
○この春、園田小枝子との恋愛におちいる。
○夏期休暇で帰郷の途中、中国地方を旅行し、「幾山河越えさり行かば」の歌が生まれる。この年、「白鳥は
哀しからずや」の歌も作る。
明治四十一年（一九〇八）　二十三歳
○七月、早稲田大学文学科英文学科を卒業。同月、処女歌集『海の声』（生命社）を自費出版。
明治四十三年（一九一〇）　二十五歳
○三月、詩歌雑誌「創作」を東雲堂の依頼で編集、創刊する。（のちに、牧水主宰の結社誌「創作」となる。）
○四月、第三歌集『別離』（東雲堂）を出版、好評を博する。
○秋、小枝子との恋愛の破綻から、信州へ旅行し、酒の名歌「白玉の歯にしみとほる」を詠む。
＊前田夕暮と共に、自然主義歌人として歌壇に君臨する。
明治四十五年・大正元年（一九一二）　二十七歳
○四月、石川啄木の臨終に立ち会い、種々世話をする。

○五月、太田喜志子と結婚。
＊このころ一時、破調の歌を作る。
大正四年（一九一五）　三十歳
○三月、妻喜志子の転地療養のため、神奈川県長沢海岸へ転居。（翌年十二月に、東京へもどる。）
大正八年（一九一九）　三十四歳
○童話童謡隆盛の中で、児童雑誌「金の船」（のちに「金の星」）の幼年詩の選者をつとめ、自作童謡をも発表する。創刊号（十一月号）から大正十五年まで。
大正九年（一九二〇）　三十五歳
○八月、東京から静岡県沼津町へ転居。
大正十一年（一九二二）　三十七歳
○春、伊豆湯ケ島温泉に滞在し、「山桜の歌」二十三首を作る。
○秋、〝みなかみ〟を求めて、暮坂峠（群馬県）越えの旅をする。
大正十三年（一九二四）　三十九歳
○九月、持ち家の資金をえるため、短冊半折揮毫頒布会を始める。（以後、死の前年まで、各地へ揮毫旅行がつづく。）

大正十四年（一九二五）　四十歳

○沼津市市道町（千本浜）に家を建て、十月に入居。

大正十五年・昭和元年（一九二六）　四十一歳

○五月、詩歌総合雑誌「詩歌時代」を創刊。（十月廃刊）

○八月～九月、千本松原伐採反対運動に参加し活躍する。

○九月～十二月、東北・北海道へ揮毫旅行。

昭和二年（一九二七）　四十二歳

○五月～七月、朝鮮へ揮毫旅行。

昭和三年（一九二八）　四十三歳

○九月十七日、急性腸胃炎兼肝臓硬変症のため、沼津千本浜の自宅にて永眠。

☆没後十年記念として、昭和十三年（一九三八）九月、第十五歌集『黒松』（改造社）が出版された。

主な参考文献

○大悟法利雄著『若山牧水伝』短歌新聞社
○大悟法利雄著『幾山河越えさり行かば』彌生書房
○谷邦夫著『評伝若山牧水─生涯と作品』短歌新聞社
○大岡信・佐佐木幸綱・若山旅人他編『わたしへの旅─牧水・こころ・かたち─』増進会出版社
○毎日グラフ別冊『若山牧水　詩と彷徨』毎日新聞社
○大岡信・佐佐木幸綱・若山旅人監修『若山牧水全集』全十三巻補巻一　増進会出版社
○榎本尚美・榎本篁子著『若山牧水歌碑インデックス　改訂版』私家版

楠木しげお（くすのき　しげお）　本名・繁雄

1946年　徳島県生まれ。東京学芸大学国語科卒業。都立高校嘱託員。歌人。童謡詩人。日本童謡協会・日本児童文芸家協会（理事）・日本児童文学者協会会員。歌誌「水甕」同人。社団法人沼津牧水会会員。

■主な作品

ジュニア・ポエム『カワウソの帽子』、『まみちゃんのネコ』、ジュニア・ノンフィクション『北原白秋ものがたり』、『旅の人・芭蕉ものがたり』（第37回産経児童出版文化賞推薦）、『正岡子規ものがたり』、『サトウハチローものがたり』『滝廉太郎ものがたり』（以上、銀の鈴社）。歌集『ミヤマごころ』（牧羊社）などの著書がある。

山中　冬児（やまなか　ふゆじ）　本名・一益

1918年　大阪生まれ。1940年、大阪美術学校、油絵科卒業。1994年、陸軍省美術展（官展）、海洋美術展（官展）無鑑査招待出品となる。６月ころ召集を受け、満洲関東軍重機関銃隊に入隊。ソ連参戦によりシベリアに抑留される。1947年11月帰国。

1949年、毎日新聞出版文化賞受賞。

以後、現在まで、絵本、挿絵、装丁の仕事をする。この間20年ほど、山中一益の名で油絵を自由美術展に出品。

■主な作品（絵本・挿絵）

『ドリトル先生航海記』（偕成社）、『ジュニア版世界の名詩』（岩崎書店）、『だいもんじの火』（ポプラ社）、『しらゆきひめ』（金の星社）、『ふうたのゆきまつり』（あかね書房）、ほか童心社、教育画劇、実業之日本、評論社、文研出版、講談社、小峰書店、新学社など多数。

沼《ぬま》津《づ》市《し》若《わか》山《やま》牧《ぼく》水《すい》記《き》念《ねん》館《かん》

〈所在地〉静岡県沼津市千本郷林1907—11
〈電話〉055・962・0424
URL　http://web.thn.jp/bokusui
Eメール　bokusui@thn.ne.jp

歌人若山牧水の生誕から永眠するまでの足跡と、その輝かしい全仕事を一堂に集めて、編年体で展示しました。「詩歌時代」と「牧水と酒」「牧水と旅」は特別に詳細な資料を入れてあります。牧水歌風の真髄である浪漫的至純の歌の成立、或いは歌人の信条であった「自己即詩歌」の境涯などを、日記や書簡・作歌ノートを介して、分かり易くリアルに表現しました。復元書斎の細部には、長子若山旅人氏の幼児の記憶が反映されています。

展示室

沼津に若山牧水の記念館を作る運動は、三十有余年にわたり牧水顕彰の活動を続けて来た沼津牧水会が中心になって、商工業界、教育文化関係等各界有志二百数十名が集まり、「沼津牧水記念館建設発起人会」を結成したところから始まりました。同会の六年間の積極的な募金運動が実り、沼津市に六千万円が寄付されたのです。これを受けて沼津市は、牧水にゆかりの深い千本松原の一角、海岸に面した景勝の地に「沼津市若山牧水記念館」を建設しました。資料については若山旅人氏を始め多くの方の絶大なご協力を得て、広い範囲の収集ができました。展示に関しては大悟法利雄氏の深く入念な構想を軸に、沼津市教育委員会と社団法人牧水会が共同で実施しております。牧水歌風の真髄たる浪漫的至純の歌の成り立ち、「自己即詩歌」の歌境など、牧水の生涯の足跡とその全仕事とを克明に細密に表現致しました。

若《わか》山《やま》牧《ぼく》水《すい》記《き》念《ねん》文《ぶん》学《がく》館《かん》

平成17年4月、牧水生誕１２０周年を記念して、牧水生家前の牧水公園に新「若山牧水記念文学館」が開館しました。

（旧記念館は閉館）

牧水が愛した豊かな自然の中に建つ約７５６㎡の全館総木造の館のなかには、牧水生誕の地らしく、牧水誕生の時に揚げた節句のぼりや尋常小学校から旧制中学校の成績表、多数の写真、手紙を始め、文学に目覚めた中学校時代牧水が文学同好仲間と手がけた回覧雑誌「野虹」「曙」、盛んに投稿していた「中学時代」等の雑誌、牧水の全15歌集、牧水直筆の掛け軸、短冊、色紙など、牧水幼少時代から晩年までの貴重な資料が多数保管展示されています。

また、医師だった牧水の祖父「健海」や父「立蔵」時代の資料も充実しており、近くには弘化2年（１８４５）に祖父が建てた牧水生家が当時の姿そのままに保存されています。

このほか、詩人中原中也と交流が深かった郷土の詩人高森文夫展示室があり、高森のほか高森が写した中原中也の写真や中也から高森宛の手紙など、貴重な資料が展示されています。

所在地：宮崎県日向市東郷町坪谷１２７１番地
電話：０９８２—６８—９５１１
URL　http://www.bokusui.jp

右上：展示室・全十五歌集
左上：牧水初節句時の幟（のぼり）
右下：若山牧水記念文学館
左下：牧水生家

若山牧水を訪ねて

岩城郷土館《いわぎきょうどかん》

牧水は大正2年、郷里の日向・坪谷から東京へ戻る途中、岩城島の歌友・三浦敏夫宅を訪れ、5日間滞在した。郷里にあった日々に作った歌をまとめようとしたが、自分の歌ながらあまりにも凄愴な歌ばかりなので、途中で投げ出した。代って三浦敏夫が原稿用紙に浄書した。歌集『みなかみ』はこうして編まれた。

三浦家は島の旧家で、その邸はかつての松山藩の島本陣として使われた宏壮な木造建築。この邸を三浦家は、岩城村に寄贈した。村費三千万円で改修され、昭和57年に岩城郷土館として一般公開された。

館内の資料展示室には、牧水の書簡、色紙、初版本などの資料が展示されている。中庭には牧水歌碑、前庭には、牧水、吉井勇、衣笠内大臣の三人歌碑が建てられるなど牧水色がきわめて濃厚な資料館なのである。

館内には往時のままに保存されている客間には牧水も座り、もてなしを受けたに違いない。昭和27年には、喜志子夫人もこの邸を訪れ、

若き身に余るうれひをつゝみもちて
いく日をここに宿りましけむ

と詠んでいる。

〈所在地〉愛媛県越智郡上島町岩城東
〈問い合せ先〉上島町教育委員会岩城支所
〈電話〉0897・75・2500

若山牧水資料館《わかやまぼくすいしりょうかん》

牧水は大正四年三月から一年一〇ヶ月間、妻喜志子の転地療養のため三浦半島の北下浦村長沢に住み、この短い滞在期間中にも随筆などに北下浦での生活が多く描かれた。

それが縁で、昭和二十八年長沢海岸に当時の観光協会の人たちが奔走して牧水・喜志子の夫婦歌碑を建立した。現在は、その場所から少し東よりの海岸に移動している。

国道をへだてたところに、長岡半太郎記念館がある。高名な物理学者の別邸を京浜急行電鉄が費用を出して修理・復元して横須賀市に寄贈したものであるが、その館内の約半分が若山牧水資料展示にあてられ、等身大の牧水の旅姿写真像や書、原稿、写真、本などが展示されている。

ユニークなのは壁面に掲げられた大正四年当時の「牧水住居付近図」で、かつての旧道に沿って二つの住居跡、牧水がよく酒を買った店や行きつけの釣り場、中村柊花とともに登った山、はては酔った挙句に川に落ちた場所などを記入した手づくりの絵地図である。

〈所在地〉神奈川県横須賀市長沢2—7—7
〈電話〉0468・48・5563

NDC 916
楠木しげお　作
神奈川　銀の鈴社　2009
212 P　21cm（若山牧水ものがたり）

ジュニア・ノンフィクション
若山牧水《わかやまぼくすい》ものがたり

初版　二〇〇七年四月八日　　一二〇〇円十税
2刷　二〇〇九年八月一日

著　者――楠木しげお©　山中冬児・絵
発行者――柴崎聡・西野真由美
発行所――㈱銀の鈴社　http://www.ginsuzu.com
〒248―0005　神奈川県鎌倉市雪ノ下三―八―三三
電　話　〇四六七―六一―一九三〇
ＦＡＸ　〇四六七―六一―一九三一

〈落丁・乱丁はおとりかえいたします〉
ISBN978-4-87786-536-8 C8095

印刷・電算印刷　製本・渋谷文泉閣